Hermann von Pückler-Muskau

Tutti Frutti

Erster Band

Hermann von Pückler-Muskau

Tutti Frutti
Erster Band

ISBN/EAN: 9783337360702

Hergestellt in Europa, USA, Kanada, Australien, Japan

Cover: Foto ©Andreas Hilbeck / pixelio.de

Weitere Bücher finden Sie auf **www.hansebooks.com**

Tutti Frutti.

I.

Tutti Frutti.

Aus den Papieren
des Verstorbenen.

De mortuis nil nisi bene.

(Zur Beherzigung für alle
Recensenten.)

Erster Band.

Stuttgart,
Hallberger'sche
Verlagshandlung.

1 8 3 4.

Druck von W. H a s p e r in Carlsruhe.

Durchlauchtiger Fürst!

Es ist zwar nicht zu vermuthen, daß Hoch Sie, bei Ihrer hohen Stellung und Ihrem weiten Wirkungskreise, vorliegende Allotrien zu lesen Sich herablassen werden, gestatten Sie aber aus Nachsicht mir die Freude, dem Drange der Ehrfurcht, der mich für Euer Durchlaucht beseelt, gleichsam eine Erleichterung durch diesen schwachen Ausdruck meiner Gefühle zu verschaffen, welche wenigstens uneigennützig sind, da ich, so unendlich fern und ohne alle Beziehung zu Hoch Ihnen stehend, weder durch Dankbarkeit, die ich Ihnen ja nicht im Geringsten schuldig bin, noch persönliches Interesse influencirt seyn kann. Nur die Liberalität Ihrer Handlungsweise, die Unpartheilichkeit, die Sie auszeichnet, der erhabne Charakter, den Sie, unter dem sanftesten und liebenswürdigsten Aeußern, stets an den Tag gelegt, konnte mir die Kühnheit einflößen, Ihnen diesen öffentlichen Beweis ungeheuchelter Verehrung zu Füßen zu legen, mit welcher letztern ich, unter allen Metamorphosen, denen wir Menschen unterworfen sind, stets bleiben werde

Euer Hochfürstlichen Durchlaucht

submissester A. Z.

Vorwort.

Die Geschichte lehrt uns, daß alle Menschen sterben können, ja höchst wahrscheinlich sterben müssen. Dieselbe lehrt uns aber auch, daß sie in manchen Fällen, wiewohl selten und nur bei großen Gelegenheiten, aus ihren Gräbern wieder auferstehen, oder auch wohl nur länger als sonst üblich, (z.B. 50 oder 100 Jahre, wie der alte Ueberall und Nirgends und andre beglaubigte historische Personen) schliefen, welches oberflächliche Beobachter dann in der Eile für den wahren bittern Tod ansahen. Es ist wohl möglich, daß es mit dem verstorbenen Verfasser dieses Buchs eine ähnliche Bewandniß habe. Sollten daher aufmerksame Leser im Verfolg desselben hie und da Anachronismen oder sonstige Anomalieen ausfindig machen, so wird es nicht ungereimt seyn, sie sich auf die angegebene Weise zu erklären. Dem sey indeß, wie ihm wolle, so viel ist gewiß, daß in Paris die Memoiren des Fürsten von Pückler-Muskau erschienen sind, welche (und man kann sich meine Verwunderung darüber denken!) nicht ein Wörtchen mehr enthalten, als meine eignen posthumen Briefe; man müßte denn die seichten Noten des Uebersetzers für etwas mehr als nichts halten wollen. Dies hat mich um so mehr verdrossen, da ich aus einem eben so beliebten als verbotnen Buche ersehen habe, daß besagter Fürst nichts als ein verkappter Aristokrat sey, dennoch aber meine Briefe geschrieben haben soll, die Viele wiederum zu liberal und demokratisch finden. Ich kann aus diesem Wirrwarr selbst gar nicht mehr klug werden, und fürchte fast, daß, im Gegensatz von andern

Leuten, die einen geisterartigen Doppelgänger entdeckten, mein Geist einen irdischen bekommen hat, welches denn natürlich niemand andres als derselbe gefährliche Mann seyn kann, den ich deßhalb auch ernstlich hiermit auffordere, sich nicht ferner in meine Angelegenheiten zu mischen, und wenn er Memoiren herausgeben will, seine eignen zu schreiben, aber nicht die meinigen. Ich glaube hierin alle Billigkeit und Gerechtigkeit so sehr auf meiner Seite zu haben, daß ich selbst aus die thätigste Unterstützung meiner gütigen Leser rechne, wenn dieser lebendige Mensch mich armen Abgeschiedenen noch ferner in meiner Ruhe zu stören beabsichtigen sollte. Ueberall compromittirt er mich. So war das Literaturblatt der Staatszeitung mir äußerst hold; mit einemmal hat es umgesattelt, weil es dem Fürsten von Muskau einfällt, in einem Briefe an den Buchhändler Fournier in Paris zu sagen: „Er verdenke es keinem Franzosen, ja selbst einem Deutschen nicht, wenn er die Staatszeitung ungelesen lasse." Gleich muß dies der Verstorbene wieder entgelten und bald darauf im erwähnten Literaturblatt die angenehme Nachricht lesen, daß seine Briefe in Frankreich fast keine Beachtung fänden, demohngeachtet aber das dortige Publikum sich dahin ausgesprochen: dem Verfasser sey gar kein politisches Urtheil zuzugestehen.

Was nun das erste betrifft, so wäre freilich nichts natürlicher, da aber mein Herausgeber zu derselben Zeit einen Brief von Herrn Fournier bekam, in dem dieser ihm zu dem guten Abgange des Buches gratulirte, und den Autor sogar bat, noch mehr Briefe zu schreiben (was ich wohl bleiben lassen werde), so muß die Behauptung des Referenten in dieser Hinsicht doch wohl auf einem Irrthum beruhen.

Wie komme ich aber nun gar zum zweiten Tadel, ich, der nie, auch nur halb im Ernste, ein politisches

Glaubensbekenntniß von mir gegeben habe. Daß der erwähnte Fürst durch seine eben angeführte Aeußerung über die Staatszeitung hinlänglich bewiesen, daß er kein politisches Urtheil besitze, muß auch dem Bornirtesten klar werden, aber wie komme ich dazu für ihn zu leiden? Ich liebe die preußische Staatszeitung und ihr Literaturblatt ganz ungemein, ja ich kann es mit einem körperlichen Eide bekräftigen, daß ich gar keine andre politische Zeitung in meinem kleinen Hause halte, und mir es sogar zu einer Art Gesetz gemacht habe, Abends nach des Tages Last und Hitze nie ohne dieselbe einzuschlafen. Wie viel Belehrung danke ich ihr aber noch außerdem. So las ich neulich in ihrem besagten Appendix, dem Literaturblatt, einen Artikel: Nächtliche Blindheit betitelt, worin diese dem Einfluß des Mondes auf die Augen zugeschrieben wird, — denn, setzt der Verfasser hinzu: „Viele Menschen schlafen bekanntlich mit offnen Augen." Ich schämte mich meiner Unwissenheit, da ich gestehen muß, diesen Umstand bisher gänzlich ignorirt zu haben, vielmehr glaubte ich nur die Hasen dieses Kunststückes fähig. Es fällt aber nun wie Schuppen von meinen eignen Augen, und so manche politische Räthsel werden mir plötzlich gelöst! Kann man z.B. die Motive einer Regierung, eines Ministers nicht mehr begreifen, sieht man selbst ein ganzes Collegium wie Blinde handeln — Was ist der Grund? Der so einfache bekannte: Sie schlafen mit offnen Augen.

Ich hoffe also, die Redaction des Literaturblattes, welche selbst gewiß nie mit offnen Augen schläft, wird in sich gehen und mich wieder zu Gnaden annehmen — oder sollte die Sache vielleicht sich dennoch anders verhalten? Sollte es vielleicht Leute geben, die sich wirklich ein wenig vor meinem politischen Urtheil fürchteten und es gern mit guter Manier im Voraus entkräften möchten? Gott im Himmel weiß Alles — ich aber zu wenig!

Um mich indeß für so viel Unbilden an dem Fürsten von Muskau doch einigermaßen zu erholen, werde ich jetzt wenigstens in so weit das Vergeltungsrecht üben, daß ich unbedenklich in dem vorliegenden Buche einen Theil seiner Memoiren unter meinem Namen herausgebe, wo er dann sehen mag, wie er dabei zurecht kömmt. Bei den Mitteln, die mir zu Gebote stehen, ist es mir, ohne zu prahlen, ein Leichtes, seinen Schreibtisch zu öffnen und heraus zu nehmen, was mir beliebt; ja es möchte ihm sogar schwer werden, mich wegen eines solchen Raubes zu belangen; denn so sehr auch unsre Justiz Prozesse liebt, hegt und pflegt, die Klage gegen einen Verstorbenen, den keine Erben repräsentiren, müßte doch nothgedrungen per *Decretum* abgewiesen werden. Ich wollte zuerst aus Furcht vor französischen Redensarten, nicht Memoiren, sondern Denkwürdigkeiten sagen, fürchtete aber, damit nur „noch mehr Rumohr zu machen" und dann als doppelter Plagiarius zu erscheinen. Ich wählte daher einen italiänischen Titel. (weil im Deutschen ohnehin kein neuer mehr zu erfinden ist) und da es heißt: An deinen Früchten wird man dich erkennen — so wirst Du, geliebter Leser, bald inne werden, ob die folgenden Blätter und Früchte wirklich von mir oder nicht von mir sind.

Geschrieben am 30. October auf dem großen Kirchhofe zu B..., als der Mond so hell schien wie am Tage, und viele Geister eben munter aus dem Sande hervorkrochen, um eine Raupach'sche Tragödie aufzuführen.

⊢⸺⸺⸺⊣

Anmerkung. Daß in dem vorliegenden Buche die Orthographie nicht immer dem Recipirten gemäß ist, geschieht mit Absicht. Wenn ich z.B. Gebürge statt Gebirge schreibe, so habe ich meine ästhetischen Gründe dafür. Gebürge malt, meines Erachtens, den Gegenstand besser, die Hauptqualität, die ein Wort haben kann. Man sieht bei Gebürge, so zu sagen, dieses schon sich in seinen schönen Wellenlinien und Massen übereinander thürmen, während Gebirge dagegen etwas Enges, Gekniffenes hat, was nicht zu dem Bezeichneten paßt. Um die Etymologie aber bekümmere ich mich wenig.

I.
Sendschreiben

an den

Königl. Preußischen Geheimen Legationsrath,

Herrn Varnhagen von Ense,

Großkreuz und Ritter vieler hohen Orden zu Berlin.

Euer Hochwohlgeboren

sind mit dem (schon lange vor seinem Tode) verewigten Göthe durch Ihre zu nachsichtigen Beurtheilungen meiner anspruchslosen Reiseberichte wohl allein daran Schuld, daß selbige seitdem, gleich einem alten Miethklepper, mit immer wechselnden Namen durch aller Herren Länder gejagt werden und bei jeder Metamorphose noch mehr Untugenden annehmen, als sie von Hause aus mitbrachten.

Die unerhörte Anzahl von Recensionen, die dieses arme Buch in mehreren Sprachen hat erdulden müssen, betragen wenigstens das doppelte Volumen seines Inhalts und sind eben so uneins über diesen, als verschiedene Aerzte über denselben Kranken zu seyn pflegen.

Obgleich ich selbst nicht allzuviele dieser Critiken gelesen habe, so sind mir doch einige seltsam genug vorgekommen. Wirft mir doch gar ein erzürnter Pastor vor, ich sey ein grausamer Liebhaber von Thierkämpfen und habe fremden Hunden die Zähne ausgebrochen, um sie von den meinigen nachher desto bequemer todt beißen zu lassen! Man sollte wirklich meinen, der arme Teufel, der zu solchen Mitteln greifen muß, um ein Buch zu beurtheilen, passe selbst nicht übel zu dem Bilde einer Dogge mit ausgebrochnen Zähnen, die, weil sie nicht mehr beißen kann, zum Heulen ihre Zuflucht nimmt.

Sie, mein verehrter Gönner, hat die Freundschaft blind gemacht, so wie Herrn Börne der Verdacht meiner Vornehmheit.

Dieser große Champion der Liberalen hätte sich aber eben deshalb sagen können: Für einen Vornehmen ist der Verfasser der Briefe des Verstorbenen wahrhaftig noch freisinnig genug, und es seiner verwahrlosten Erziehung zu Gute zu halten, wenn er nicht so zu schreiben vermag, wie ich es anempfehle, nämlich so: „daß der Styl unter ihm bricht und er mitten im Kothe liegen bleibt."[1]

Vielleicht hätte Herr Börne mich milder beurtheilt, wenn er mich gleich von vorn herein in der französischen Uebersetzung gelesen hätte — nur würde er immer Unrecht gehabt haben, von mir zu verlangen: „daß ich als Verstorbener den Sterblichen überirdische Dinge mittheilen solle." Das erlaubt einmal schon die Discretion des Geisterreichs nicht, eine Eigenschaft, über welche sich nur Schriftsteller dieser Welt hinweg setzen dürfen; zweitens würde man ja aber auch solche Sprache hier unten gar nicht aufnehmen können. Es würde damit gerade so gehen, wie mit Lord Byrons Geist, der, wie Herr Börne uns ebenfalls selbst erzählt, „sich erst in ihm (Herrn Börne) niederlassen wollte, die Wohnung aber bald zu gemein für längeren Aufenthalt fand."

Weit übler bin ich seitdem mündlich abgefertigt worden, als ich neulich unsere Freundin, die liebenswürdige, Geist sprudelnde Orlanda besuchte. „Guter Verstorbener," rief sie mir schon von weitem zu, „ich habe Ihnen gestern in Gedanken einen langen Brief auf der Straße geschrieben, während ich den weiten Weg von S. heim ging. Wie ich aber zu Hause ankam und in Ihrem Buche las, da stimmte mich das wieder so herab, daß ich alle meine guten prophetischen Gedanken darüber augenblicklich verlor. Denn, wo ich allein über Sie nachdenke und Sie mir nicht selbst störend in den Weg treten, interessiren Sie mich sehr. Sie sind so einladend aride, daß ich mich gedrungen fühle, etwas aus diesem sterilen Boden hervorzurufen. Ordinaire Naturen ziehen überhaupt, selbst gegen meinen Willen, am meisten aus mir heraus — eben, weil sie's bedürfen."

„Mit höheren Geistern habe ich weniger Berührung, denn wir gehen neben einander wie zwei parallele Linien. Die ärmeren dagegen verlangt mein eigner Reichthum unwiderstehlich zu durchdringen."

Ich wollte, ganz verblüfft, einige Worte schuldigen Dankes stammeln....

„Still doch!" rief sie, „immer müssen Sie doch von sich selbst sprechen, es ist zum Todlachen! Dennoch kann Einen auf der andern Seite diese Gutmüthigkeit wahrhaft rühren. Es ist für mich Ihr hübschester Zug, obgleich es nur in der unglaublichen — nichts für ungut — Dummheit des armen kleinen Gehirns (hier fühlte sie mir gleichsam den Puls an der Stirne) seinen Grund hat. Wissen Sie wohl, Theuerster, wie Sie mir vorkommen? — Ganz wie der Vogel Strauß. Erstens verdaut Ihre Eitelkeit Stahl und Eisen trotz dem besten Straußenmagen und, wie dieser Vogel, sind auch Sie ganz überzeugt: kein Mensch durchschaue Sie, wenn Sie den Kopf nur unbefangen in den Strauch stecken. Ja selbst Ihr sogenannter gracieuser Styl gleicht auf ein Haar dem selbstgefälligen freundlichen Nicken und Brüsten Ihres Vogel-Ebenbildes, wenn es sich selbstgefällig überall umsieht, ob man es auch von allen Seiten gehörig beobachtet habe. Endlich besitzen Sie auch dieselbe Schnelligkeit wie der Strauß, denn Sie laufen sich alle Augenblicke selbst davon; ja oft denke ich: Sie haben sich gar schon aus allzugroßer Schnelligkeit in zwei Hälften getrennt, wovon der gute Mann zu Hause geblieben und der Thor in die Welt gelaufen ist."

„Verstorbener!" sprach sie in tiefem Tone, ihre kleine Gestalt hoch empor richtend und mich mit ihren brennenden Beschwörer-Augen anstarrend: „Verstorbener!

holen Sie sich selbst ein, oder...."

jenseits und diesseits treu
ergebener Wohlbekannter[2].

II.

Ein

Besuch im Herrnhutischen.

Ich bin unter den Herrnhutern erzogen. Mit dem 11ten Jahre verließ ich sie und vielleicht kehre ich mit dem 71sten wieder unter sie zurück. Weisheit ist Alter, sagt ein Sprüchwort, und dennoch schützt, wie ein zweites sagt, Alter vor Thorheit nicht!

Vor der Hand jedoch, wo ich kaum die Hälfte jenes Weges zurückgelegt habe, mache ich es noch wie alle Uebrigen, d.h. ich lache über die Thorheiten Anderer und liebe meine eigenen; später hoffe ich auch über diese zu lachen, um wieder neue dafür einzutauschen — denn für jedes Alter, Gott Lob! geben die Menschen etwas zu lachen, die Welt etwas zu genießen und die Thorheit etwas an sich selbst zu lieben.

In dieser seltsamen, drolligen Welt umherirrend, kam ich eben von Afrika zurück, wohin ich gegangen war, um den großen Pascha Mehemed Ali kennen zu lernen, und fand mich nun *post varios casus*[3] zufällig und halb verwundert in der Heimath wieder, gleich jenem lustigen Bruder, der, nachsinnend, wie er sich ein recht raffinirtes Vergnügen verschaffen wolle, endlich auf den neuen Einfall kam: einmal eine Nacht zu Hause zu schlafen. Unter solchen Betrachtungen setzte ich mich denn eines Nachmittags auf meine Droschke, mit zwei arabischen Pferden bespannt, und fuhr über Stock und Stein, oder, um genauer zu sprechen, über Sand und Wurzeln, durch Kiefern und Tannen, dem stillen Oertchen K. W. zu. Mein Anzug war schwarz, mein Gesicht schwarz gebrannt, meine Haare orientalisch schwarz gefärbt, meine Rosse schwarz, und selbst meine Droschke schwarz beschlagen; denn ich liebe diesen Gegensatz der Farbe zu der Heiterkeit meines Innern, die, besonders wenn ich allein bin, mich selten verläßt. So glaubte ich also mich recht passend für den Zweck der vorliegenden frommen Irrfahrt equipirt zu haben. Man konnte mich entweder für einen eleganten reisenden Pastor oder auch für Mephistopheles halten, welcher, wie wir von guter Hand wissen, ebenfalls zuweilen den *Doctor theologiae* spielt.[4]

Nach einigen Stunden gelangte ich an ein angeschwollenes Flüßchen (es war am 3ten Mai und kaum erst der Schnee auf den Gebürgen geschmolzen), dessen schäumende Wogen die letzten Rudera einer gebrechlichen Brücke eben noch vor meinen Augen abrissen, und auf ihrem gekräuselten Rücken lustig forttanzen ließen. Slavische (seit der wohlthätigen Regulirung nicht mehr sclavische) Bauern waren sehr beschäftigt, sie aufzuhalten, und die ruhigere Breite des Wassers in der Ferne ließ mich hoffen, dort wohl eine Furth zum Hindurchfahren zu finden. „Wie heißt der Fluß?" rief ich einem, mit den Händen in den zerrissenen Hosentaschen ruhenden, mich anstarrenden Wenden zu. „I schwarze Schöps!" erwiederte er lakonisch, ohne sich zu rühren, noch durch den mindesten Gestus seinen Worten zu Hülfe zu kommen, die, meiner eigenen theologischen Schwärze mir bewußt, fast wie eine Anzüglichkeit klangen.

Mit Mühe brachte ich endlich von ihm heraus, daß der jetzt in zehnfacher Wassermasse strömende Fluß nirgends hier in der Nähe zu passiren sey, und ich mußte mich daher bequemen, seitwärts eine Straße einzuschlagen, auf der ich bald ein Landstädtchen erreichen sollte, wo man mir gutes Obdach versprach. Es verursachte dies zwar einen langen Umweg, wer aber so wie ich die Erde zu durchstreifen gewohnt ist, dem kömmt es darauf nicht an, er ist überall zu Hause und auf seinem Wagen am meisten; je unbekannter und ungewisser die Zukunft vor ihm, desto besser. Im Grunde freute ich mich daher mehr über das unvermuthete Hinderniß, als es mich störte, und meine leichten Thiere antreibend, erreichte ich das angesagte Nachtquartier auch glücklich noch mit einbrechender Dämmerung.

Eine freundliche, dicke Wirthin kam mir, den fremden lucrativen Zuspruch wahrscheinlich schon von weitem mit Kennerblick entdeckend, bis auf die Straße entgegen und half mir selbst rüstig aus dem Wagen, wobei sie schon im ersten Augenblick eine Suada entwickelte, die nicht wenig mit dem Lakonismus des Wenden am schwarzen Schöps abstach. Uebrigens schien hier Alles unter dem Zeichen des Widders zu stehen, denn, wie ich auf Befragen erfuhr, hieß der Ort Bocksberg, und der Gasthof, ein klösterlich dunkles Haus, zum goldnen Lamm. Das Ebenbild des letzteren, welches in Stein gehauen, vielleicht früher zu religiöser Andeutung dienend, jetzt aber dem Weltlichen verfallen, nun statt der Vergoldung hellgelb angestrichen worden war, schaute in seiner Verstümmelung ganz kummervoll vom hohen Giebel auf mich herab.

Ungeachtet dieses wenig versprechenden Aeußern, wies man mir indeß eine recht gute und hohe Stube an, mit einem großen Kamin, einem riesigen Himmelbett, alterthümlichen Meublen, alles bequemer und reinlicher, als man es gewöhnlich in den kleinen Städten unsres lieben Vaterlandes anzutreffen gewohnt ist, und als ich die an den Wänden hängenden verblaßten Bilder musterte, bemerkte ich darunter mit Verwunderung das gut gezeichnete und sehr ähnliche Portrait eines Verwandten unsres Hauses, der einst das glänzende, wenn gleich eben nicht empfehlenswerthe Vorbild meiner Kindheit gewesen war.

„Wie kömmt dieses Portrait hierher?" frug ich die mir noch zur Seite stehende Wirthin.

„Halten zu Gnaden! das ist der Starost B...., mein alter Herr und Wohlthäter, dem ich, oder (verbesserte sie schnell) der Frau Gräfin 21 Jahre lang als Kammerjungfer gedient habe; aus welcher glücklichen Zeit mir denn dies Bild noch übrig geblieben ist."

„Ach, ich verstehe!" lächelte ich, sie genauer fixirend, und wirklich auf dem runden, obgleich nun auch schon runzligen, Gesicht der gedienten Kammerjungfer waren immer noch einige *beaux restes* aus alter Zeit sichtbar; ja, je mehr ich sie betrachtete, erschien sie mir immer weniger fremd, und endlich blieb mir kein Zweifel übrig, daß ich — wahrlich ich irrte mich nicht — eine sehr gute Bekannte aus meinem 14ten Jahre vor mir hatte. Mehr als zwei Decennien waren freilich seitdem verflossen — o Zeit! ich sah in der Alten Gesicht wie in einen Spiegel und fühlte rückwirkend deinen Stachel! — Die gegenseitige Erkennungsscene wurde dennoch freudig von mir beschleunigt; denn ich bin noch immer so gutmüthig, mir einzubilden, alte Bekannte müßten sich eben so sehr freuen, nach langer Trennung m i c h wiederzusehen, als ich s i e — und diesmal wenigstens traf meine Voraussetzung ein.

Da die arme Cathinka keine vornehme Dame war, so hatte sie keine Ursache, mir, wie jene französische, dem unbequemen Mahner an längst vergangene vertrauliche Stunden, zuzurufen: *„Eh, Monsieur, appellez vous cela connaître?"* — Im Gegentheil, die Verleugnung hätte diesmal mit allem Rechte nur von meiner Seite statt finden können, denn Cathinka hatte schon längst die Sonnenseite des

Lebens überschritten, ich — noch nicht so ganz. Zum Lohne dafür überschüttete sie mich denn auch mit den ausgesuchtesten Schmeicheleien; ja selbst ein Hofmann hätte hier noch etwas lernen mögen. Als unter andern meine jugendliche Schönheit (es ist von damals die Rede, liebe Leserinnen) gepriesen wurde, und unter andern gesagt, daß auf jenem verhängnißvollen Maskenballe vor 24 Jahren (auf den ich ein andresmal zurückkommen werde) man kein reizenderes Paar gesehen, als die junge Gräfin von B.... und mich, und ich mit bittersüßer Miene erwiederte: „Ach Gott! die ist nun auch schon im alten Register, ja, ich fürchte fast, wir beide sind grade in denselben Jahren;“ versicherte Cathinka unbedenklich: „damals sey es allerdings so gewesen, aber seitdem habe die Gräfin mich ohne Zweifel weit überholt.“ „Nun dem Himmel sey Dank!“ rief ich lached, „wenn Du eine so glückliche Verschiedenheit für möglich hältst, kann Dein Glaube mehr als Berge versetzen.“

Unterdessen verlor ich, als ein Vielerfahrner, mein altes Princip nicht aus den Augen: *qu'il faut faire flêche de tout bois*, ein Sprüchwort, dessen Lebensweisheit unerschöpflich ist; und da hier Liebe nicht mehr an der Tagesordnung war, wendete ich meine Gedanken nach der Küche, mich wohl erinnernd, daß Cathinka, selbst als sie noch hübsch war, schon ein bedeutendes Talent in dieser Region entwickelte, welches ohne Zweifel jetzt zu noch höherer Reife gediehen seyn mußte. Ich benutzte daher alle vergangenen Reminiscenzen, nur um diese Kunst der Freundin von Neuem ins Feuer zu bringen. Man versprach, geschmeichelt und voller Freude, Wunder zu thun, und in der That, das *soupé* zeigte sich der Elevin eines berühmten Gutschmeckers und Bonvivants würdiger als der bescheidenen und christlichen Apparence des güldenen Lammes zu Bocksberg. Der nachsichtige Leser aber kennt schon durch Freund und

Feind meine irdischen Dispositionen zu gut, um einen Augenblick zweifeln, daß ich auch von meiner Seite demselben alle mögliche Ehre erwies.

Sobald hierauf noch der Duft zwei ächter Havannah-Cigarren verraucht war, (denn auch dieses Laster habe ich an mir) suchte ich die Ruhe mit meiner lieben Staatszeitung in der Hand, wo ich denn auch kaum gelesen hatte, daß ein russischer Courier angekommen, der Theaterkassirer sein Jubiläum gefeiert, wobei die Gesellschaft Heil Dir im Siegerkranz gesungen, und der Hofschneidermeister Dürre mit dem allgemeinen Ehrenzeichen decorirt worden sey, als ich sanft und selig entschlief.

Schon mochte ich wohl ein paar Stunden lang in jenem seltsamen Traumlande geruht haben, das uns wahrscheinlich das Leben der Thiere auf ihrer untern Stufe abspiegelt, als ein sonderbares beängstigendes Gefühl mich langsam erweckte.

Mit Mühe schlug ich die Augen auf und glaubte schaudernd noch zu träumen — denn eine alte fahle Frau in aschgrau alterthümlichem Gewande, einen großen Bund Schlüssel an der Seite hängend, und einen einzelnen, noch größeren Schlüssel in der Hand haltend, stand, mich wehmüthig anblickend, an meinem Bette.

In dumpfer Betäubung starrte ich hin und sah sie eine, eben im Verlöschen begriffene Lampe mit der andern Hand langsam nach mir empor heben, deren aufflackernder Docht zuweilen, wie mit schwachen Blitzen, das erdfahle Gesicht hell erleuchtete, während die vermoderten Züge gleich darauf wieder in noch grausenhaftere Dämmerung zu verschwimmen schienen.

Ich war wie gelähmt — ob vor Schreck, oder durch übernatürlichen Einfluß, noch jetzt wäre es mir unmöglich dies zu entscheiden — doch ermannte ich mich nach einigen

Secunden und wollte mich eben gewaltsam aufreißen, um das räthselhafte Wesen vor mir zu ergreifen, als das Gespenst mit halbtrauriger, halb eifriger Miene den großen Schlüssel bedeutungsvoll mir darreichte, und als ich unwillkürlich zurückschauderte, ihn drohend und wie im höchsten Unwillen plötzlich an meinen nackten Hals drückte. Die Berührung des kalten Stahls durchzuckte mich wie ein Dolchstich, und für einige Augenblicke muß mir alles Bewußtseyn geschwunden seyn, denn als ich wieder aufblickte, war Gestalt und Lampe verschwunden. Das alte Dunkel füllte wieder meine, vergeblich sich hineinbohrenden Augen. Scheu wandte ich endlich den Kopf gegen die Mauer, da schien es von Neuem, als entferne sich allmählig durch sie hin ein blasses Licht. Nein! das ist zu toll! rief ich, mich nach und nach fassend und zum lauten Lachen zwingend; kann man so albern träumen! Also hat dich doch auch einmal der Alp gedrückt, fuhr ich, noch immer schaudernd, fort, denn — soll ein vernünftiger Mensch solchen Unsinn anders erklären? — Ich tappte nach dem Waschtische, trank ein großes Glas Wasser, ging, mit den Händen sorgsam um mich fühlend, ein paarmal in der kalten Stube auf und ab, und als ich hierauf, vom Frost, und vielleicht auch noch von der ausgestandenen Angst geschüttelt, wieder nach dem warmen Bett verlangte, wickelte ich mich in meine Decken und schlief endlich nach niedergekämpfter Geisterfurcht, ferner nicht mehr angefochten, glücklich wieder ein. Als ich erwachte, war es heller Morgen. Mit dem Tageslicht verschwand die unheimliche Spannung der Nacht gänzlich; ich bestärkte mich leicht in der Ueberzeugung, nur lebhafter als gewöhnlich geträumt zu haben, fand es aber doch sonderbar, als ich gleich beim Erwachen noch immer einen, auch später wiederkehrenden stechenden Schmerz am Halse zu fühlen glaubte, ja diesen selbst leicht geschwollen fand — doch achtete ich später nicht weiter darauf.

Meine Toilette (genau nach Göthe's Vorschriften für den Mann von 40 Jahren eingerichtet), war kaum zur Hälfte fertig, als Cathinka mit dem Kaffee erschien. „Aber sage mir" rief ich ihr schon von weitem entgegen: „was für allerliebste weibliche Besuche menagirst Du den Gästen hier in Deinem alten gothischen Neste?"

„Herr du meine Güte!" stammelte sie erblassend, und ließ fast die dampfende Kanne auf den Boden fallen; „gewiß die Rentmeister Rasiussin!"

„Was Teufel willst Du mit der Rentmeister Rasiussin? —"

„Ach mein gnädigster, liebster Herr! die Freude über Sie hat mich die Stube ganz ausser Acht geben lassen, in die ich Sie gebettet. Ja es ist nur zu wahr: es ist dort nicht geheuer! Doch seit Jahr und Tag hatte sich der Spuk nicht mehr sehen lassen und muß nun grade Sie erschrecken!" —

„Nun, nun!" erwiederte ich, etwas an meiner Eitelkeit gekränkt, „der Geist hat sich vielleicht den wenigst Schreckhaften ausgesucht; — aber was ist denn mit diesem silbernen Spuk?" —

„Ach Gott! freveln Sie nur nicht und hören Sie mich aufmerksam an. Wer weiß! vielleicht sollen Sie der seyn, der den Schatz findet: die Krone und das Kreuz und Alles zusammen!" —

„Gute Cathinka! welche Thorheiten! Einen alten Schatz fand ich zwar schon hier an Dir wieder; aber bei solchen Schätzen, die aus Geld und Geldeswerth bestehen, hatte ich mein Lebelang kein Glück. Eher, fürchte ich, bin ich dazu geeignet, welche zu verlieren, als zu gewinnen. Doch setze Dich her, trinke Deinen Kaffee mit mir und erzähle."

Dieß ließ sich Cathinka nicht zweimal sagen. Schnell hatte sie mir gegenüber Posto gefaßt und nachdem ich selbst erst ihr mein Abentheuer noch weitläuftig zum Besten gegeben, begann sie, wie folgt.

„Im Anfang des vorigen Jahrhunderts regierte hier der reiche Graf P...., von dem Sie gewiß oft gehört zu haben, sich erinnern werden. Der besaß fast alle die großen, jetzt vielfach getheilten Herrschaften in der Provinz und lebte meistens auf seinem Jagdschlosse in der Nähe, wovon noch die Ruinen im Walde zu sehen sind, in Herrlichkeit und in Freuden. Er zeigte sich aber auch immer gut und großmüthig gegen die Armuth, so daß alle ihm von Herzen zugethan waren. Wie er nun schon die Fünfzig passirt hatte, verliebte er sich mit einemmale noch gewaltig in ein Bürgermädchen hier aus der Stadt, einen wahren Ausbund von Schönheit und Lieblichkeit, wie man erzählt, die aber, obwohl nur eine arme Spitzenklöpplerin, doch allen seinen Verlockungen herzhaft widerstand. Und so entschloß endlich der Graf sich kurz und gut, sie ohngeachtet ihres niedrigen Standes zu heirathen. Seine großen Herrschaften waren indeß alle Lehngüter, und der einzige noch übrige Lehnsvetter, ein gewissenloser Mensch vom schlechtesten Rufe, dem das natürlich nicht gefallen wollte, bewegte also Himmel und Erde, um diese Absicht des reichen Vetters zu hintertreiben."

„So standen die Sachen, als der Graf, eines Tages von der Jagd zurückkehrend, nach dem Genuß einiger Erfrischungen jähling erkrankte, nicht ohne einen dunkeln Argwohn, daß sein präsumtiver Erbe Antheil daran habe. Dieser war zwar selbst zu der Zeit nicht gegenwärtig, aber schon längst hatte das Publicum ein strafbares Einverständniß zwischen ihm und dem gräflichen Rentmeister Rasius zu bemerken geglaubt, einem finstern, harten Mann, den man, und noch mehr seine böse, in der ganzen Gegend gefürchtete Frau, jeder Uebelthat fähig hielt. Dem sey nun, wie ihm wolle, genug, der Graf starb zwar nicht, schien aber, seit er vom schweren Krankenlager erstanden, seines Verstandes nicht mehr recht mächtig zu seyn.

In tiefe Melancholie versunken, saß er Tage lang einsam, im dunkeln Zimmer, und sprach von nichts als seiner geliebten Marie, welche während seiner Krankheit, durch Gott weiß welche Mittel, aus dem Orte plötzlich verschwunden war.

Erst hatte er bei dieser Nachricht getobt und gerast, später aber war er mit einemmal ganz ruhig geworden und erwartete sie nun jeden Tag geduldig, die Umstehenden immer versichernd: morgen werde sie gewiß von ihrer Reise zurückkehren, von der er ja nun recht wohl wisse, warum sie sie habe antreten müssen. Dabei bestand denn des armen Herrn einziges Vergnügen darin, daß er für die Abwesende fortwährend prächtige Gewänder und kostbaren Schmuck aller Art ankaufen ließ, was er dann in seiner Verstörung um sich her aufzustellen befahl, und ein ausgeschnittenes, auf plattes Holz gezogenes Oelbild des jungen Mädchens, das mitten in seiner Stube stand, und noch jetzt auf einem fürstlichen Schlosse in Schlesien vorhanden seyn soll, unter kindischen Liebkosungen an- und auszog, und bald mit diesen, bald mit jenen Juwelen zu schmücken pflegte, oft sich einbildend, die kalte Holzfigur habe wirklich Fleisch und Blut, und sey sein wiedergekehrtes liebes Mädchen selbst geworden."

„Verwunderlich war es, daß von dem Augenblicke seiner Verwirrung an der Graf den Rentmeister Rasius, dem er früher seine Abneigung nicht selten durch harte Begegnung fühlbar gemacht hatte, zu seinem Liebling erkor, sich gar nicht mehr von ihm trennen konnte, oft mit ihm sich einschloß, und ihm auch in der Führung seiner Geschäfte ein ganz unbedingtes Vertrauen schenkte. Ihm auch hatte er den täglich sich mehrenden Juwelenschatz des Holzbildes in Verwahrung gegeben, den nur selten noch ein anderes Auge erblickte. Rasius allein mußte ihn bringen, wenn der Graf darnach verlangte, und ihn dann Abends eben so geheimnißvoll wieder mit hinwegnehmen, so daß es doch am Ende auch nur ein unverbürgtes Gerücht und eine Sage blieb, was unter die Leute kam, von der unbeschreiblichen Pracht der glänzenden Steine, und wie besonders eine Krone darunter hervorstrahle, gegen welche die des Königs von Polen nur Theaterplunder sey, und ein Kreuz von Rubinen, das viele Jahre der Revenüen des reichsten Edelmannes nicht bezahlen könnten."

„Doch es dauerte nicht sehr lange, so fing man an, von gerichtlicher Untersuchung wegen des Herrn bedenklichem Zustande zu sprechen, und daß er der weitern Verwaltung seines Vermögens wohl gar für unfähig erklärt werden würde, als ganz unerwartet auch sein eben angelangter böser Neffe erkrankte und nach wenigen Tagen starb."

„Da nun in Ermangelung weiterer männlicher Erben die Lehne sämmtlich dem Könige zufallen mußten, so wurde des Grafen Ruhe von dieser Seite, durch begehrliche Erben wenigstens nicht ferner gestört, und unter ihm regierte von nun an, völlig unumschränkt, der gefürchtete Rasius. Das soll eine schreckliche Zeit für die armen Unterthanen gewesen seyn! Auf seinem Jagdschloß, wie gefangen gehalten, sah man den Herrn nie mehr öffentlich erscheinen, und man wußte kaum mehr, was aus ihm geworden sey. Endlich nach vielen, wahrscheinlich in immer überhandnehmendem Wahnsinn und harter Behandlung zugebrachten Jahren, wurde mit einemmal sein Tod bekannt gemacht. Nur als Leiche und auf dem Paradebett, sahen seine bekümmerten Unterthanen ihren geliebten Grafen, welcher sich ihnen in alter Zeit so oft als Vater und gütiger Herr gezeigt, zum letztenmale wieder, und allerlei unheimliche Gerüchte gingen im Schwange über sein ganz verändertes Aussehn, und daß, als Rasius an das Paradebett getreten, er die Augen wieder aufgeschlagen, so daß man sie ihm kaum habe wieder zudrücken können."

„Königliche Beamte übernahmen bald darauf die Güter, da kein Erbe mehr da war; einiges baare Geld ward mit denselben übergeben, von den Schätzen des Bildes aber — wie man sie im Schlosse nannte — hörte man nichts weiter, und doch blieb Rasius wider alles Vermuthen unangetastet. Er selbst entsagte indeß binnen Kurzem freiwillig seinem Dienste, kaufte das alte Klosterhaus, worin jetzt mein Gasthof ist, richtete sich nach und nach reich und prächtig ein, schien aber seines Geldes nimmer recht froh werden zu können. Jedes Jahr hatte er überdies regelmäßig einen Todesfall in seinem Hause, bis, eins nach dem andern, alle seine vier Kinder gestorben waren. Da wurde er ganz menschenscheu, verschloß seine Thür Einheimischen und Fremden, und lebte fortan ungesehen und einsam mit seiner bösen Frau allein. Meine Großmutter hat diese Frau selbst noch recht gut gekannt und mir oft von ihr erzählt, daß sie gar keinen Schlaf gehabt habe und, gleich der Königin in der Komödie, immer wie mondsüchtig in den langen Gängen umhergeirrt sey. Aus dem Seitenhause, wo meine Großmutter wohnte, konnte sie allnächtlich ihre Lampe hell leuchten sehen, und ein großes Schlüsselbund, sagte sie, habe sie immer klirrend an der Seite getragen; überhaupt beschrieb sie ihren Anzug grade so, wie Sie, guter Graf Carl, und viele Andere schon vor Ihnen, sie seitdem in dieser Stube gesehen haben wollen. Und was das Seltsamste ist, grade an Ihrem Bett, wo Sie das Licht haben durch die Wand verschwinden sehen, da ist der ehemalige Eingang zu der Alten Zimmer gewesen, den mein Mann schon vor zwölf Jahren zumauern ließ, um dem Gerede über ihr Umgehen den Mund zu stopfen. Aber was hilfts! solche Art Leute, du meine Güte! die gehen durch eine Mauer eben so leicht, als durch eine offene Thüre!"

„Doch, um zu meiner Geschichte zurückzukehren, die Ihnen ohnedies wohl schon zu lang vorkommen mag, so will ich nur noch sagen: Sterben müssen wir einmal Alle, Gute und Böse, und so ging auch endlich Herr Rasius dahin, wo ich ihm nicht folgen mag; und seine Frau blieb nun ganz allein von der Sippschaft übrig. Nun aber fing sie erst recht an, die ganze Nacht herumzuziehen! Sie trieb es aber nicht mehr lange, und als endlich auch ihr letztes Stündlein schlug, so hatte sie, wie gesagt, weder Kind noch Kegel mehr, ihrer liebreich zu warten und nur noch eine einzige entfernte Schwester am Leben. — Nach der schickte sie nun Boten über Boten und wollte ihr mit Gewalt noch Etwas entdecken. Einen großen Schlüssel ließ sie aber Tag und Nacht nicht aus der Hand und rief immer angstvoll nach der Schwester, und soll schreckliche Worte ausgestoßen haben: ob sie denn ganz umsonst in die Hölle fahren solle, und sich dann selber verflucht, und solche abscheuliche Reden mehr gehalten haben, daß meine selige Großmutter immer, nach alter frommer Weise, ein Kreuz über das andre machte, wenn sie davon erzählte.“

„Die Schwester kam aber nicht — und so hat die Frau Rasiussin mit dem Schlüssel, noch fest in die krampfhaft geschlossenen Hände geklemmt, begraben werden müssen; denn Jeder fürchtete sich, ihn gewaltsam heraus zu reißen, weil die Leiche ihn wie mit eisernen Krallen fest hielt, und so entsetzlich dabei ausgesehen haben soll, daß auch dem Herzhaftesten die Haare davor zu Berge gestanden.“

„Es hat nachher auch Niemand gewußt, wo der Schlüssel eigentlich hinpasse, denn zu allen Thüren im Hause, auf dem Boden und im Keller, ist Alles richtig da gewesen. Aber nirgends fand man dort weder Geld noch Kostbarkeiten, nur munkelte man später, daß der Apotheker hier daneben, der immer reicher wird, man weiß nicht wie, im tiefen Brunnen in seinem Garten, der sonst mit zu meinem Hause gehörte, viel altes Silber, alles noch mit dem Wappen der P....e gezeichnet, heraufgezogen haben soll. Ob er nun auch den übrigen Schatz gefunden, das mag freilich der Himmel wissen; ich glaube es aber jetzt bestimmt nicht, weil die Frau Rentmeisterin wieder umgeht, was seit sieben Jahren nicht mehr der Fall gewesen ist. Damals sah sie mein Mann, wie er freilich schon ein bischen blödsinnig war, dort eben durch dieselbe zugemauerte Thüre gehen und am Ende des Ganges hinter ihrer Stube plötzlich verschwinden. Wie er aber selber so weit hat durch die Mauern sehen können, ist doch wohl nicht recht zu begreifen, und ich dachte daher oft — Gott verzeih' mir die Sünde! — es sey Alles nur dummer Schnack; aber nun kömmt Einem der Glaube wohl in die Hände, und nach dem, was Ihnen heute Nacht begegnet ist, lasse ich mich jetzt darauf todt schlagen, daß der Schatz noch da ist. Ich will auch selber auf der Stelle nachgraben lassen; denn wer von uns armen Menschenkindern kann denn wissen, was ihm vielleicht noch hier für Dinge beschieden sind! Freilich ungerechtes Gut gedeiht nicht! — Das ist wohl wahr — und da mag es doch am letzten Ende der Teufel lieber behalten. Was meinen Sie, gnädiger Herr?"

„Ja wohl," erwiderte ich, „mit solchen großen Herren, wie Satanas, ist nicht gut Kirschen essen!..."

... „Herr Jesus!" kreischt es da vor mir — noch ein gellender Schrei und — voll Entsetzen, seh' ich Cathinka leichenblaß zur Erde sinken. Mechanisch wende ich mich um — da gewahre ich ein Wesen, ganz dem ähnlich, welches ich in der Nacht gesehen, das mit aufgehobenem Schlüssel in der Hand, mich furchtbar freundlich angrinst. Es sehen, zuspringen und es nicht sanft bei der Brust fassen, war diesmal Eins; doch das Fleisch und Blut, welches ich beruhigt fühlte, kühlte mich bald ab und ein trauriges Gewimmer von Seiten der Gefaßten löste schnell meine

Hand. „Wie kömmst Du hierher? — Was willst Du hier?"
schrie ich ihr zu, noch über meinen eignen Schrecken
erzürnt. — Doch keine Antwort erfolgte, nur ein
unverständliches Gemurmel und neues Emporhalten des
Schlüssels. — Cathinka schlug jetzt die Augen wieder auf,
starrte eine Secunde lang die graue Unbekannte an, und
plötzlich aufspringend, stammelte sie mit wiederkehrender
Farbe: „Nein, Liese! Ist es möglich? Bist Du es, und bringst
mir meinen verlornen Gartenschlüssel? — Nein, so was ist
doch zum Schlagrühren! hätte ich doch bald den Tod vor
Schreck gehabt! Aber wie ist die Tolle denn so heimlich
hereingekommen? Und was kann sie nur die Nacht hier im
Zimmer gemacht haben?"....

Und nun begann sie mehrere Zeichen, wie zu
Taubstummen zu machen, die das Ungethüm noch viel
schneller eifrig erwiederte. Ich konnte jedoch bald bemerken,
daß es die letzte Frage beharrlich zu verneinen schien.

„Unbegreiflich!" sagte Cathinka, „ich habe die
taubstumme blödsinnige Liese wiederholentlich gefragt: ob
sie die Nacht hier gewesen sey? sie behauptet aber standhaft
nein; sie habe eben erst meinen vorgestern verlornen
Gartenschlüssel, für den ich vier Groschen Belohnung hatte
aussetzen lassen, weil es doch fatal ist, wenn einem Fremden
so was in die Hände kömmt, in einem von den Löchern, die
zum neuen Zaune gegraben worden sind, gefunden, die
Nacht aber ruhig auf ihrem Boden geschlafen, den ich ihr
aus Mitleid eingeräumt habe. Wie sie aber jetzt
hereingekommen, hätten wir, sagt sie, gar nicht auf sie
achten wollen, und so habe sie sich endlich hinter Sie
gestellt und den Schlüssel in die Höh' gehalten, der mich so
abscheulich erschreckt hat, daß ich noch am ganzen Leibe
davon zittere und bebe."

„So muß die Liese eine Nachtwandlerin seyn!" — fiel ich
ein; aber bei genauerer Besichtigung fand sich doch die

Kleidung, ja selbst die Form des Schlüssels ganz anders; und gesetzt auch Liese wäre als Somnambule im magnetischen Schlafe bei mir erschienen, — wo hätte sie die alterthümliche Lampe herbekommen, die ich doch so deutlich gesehen — und wie wäre sie gar zuletzt mit ihr durch die Mauer gewandelt? — Verdrießlich! denn im ersten Moment glaubte ich schon die natürliche Aufklärung meines nächtlichen Abentheuers gefunden zu haben und sah mich jetzt wieder in neue Zweifel verstrickt.

So blieb mir denn nichts andres übrig, als mir wiederholt einzureden, daß ich selbst eine Art von schlafwachendem Traum gehabt; denn anzunehmen, ich habe wirklich ein übernatürliches Wesen gesehen, dazu bin ich doch viel zu aufgeklärt und meine Leser ohne Zweifel noch viel mehr.

Es war indeß Zeit für mich geworden aufzubrechen. Ich beschenkte die arme Liese, um meinen unsanften Griff wieder gut zu machen, reichlich, und nachdem ich von der alten Freundin herzlichen Abschied genommen, mir auch zugleich den Weg nach dem ehemaligen Jagdschlosse des Grafen P...., wo er gestorben, genau hatte bezeichnen lassen, verließ ich das ominöse Städtchen in einer ziemlich sonderbaren Stimmung. — Es war ohngefähr eine solche, wo man nicht weiß, soll man weinen oder lachen, und wo man mit dem „guten Ritter" ganz geneigt ist, jede Windmühle für einen Riesen anzusehen.

So fuhr ich eine ganze Zeit lang sinnend weiter und spann einen Faden der Speculation nach dem andern ab, als mich das gewaltige Geschnatter einer Heerde Gänse neben mir aufstörte und zwei graue Gänseriche sich eben zum ernstlichsten Kampfe anschickten, denn Frühjahrsliebe mochte im Spiele seyn. Mir aber kamen die barocken Gestalten wie Ritter vor, in helle Federpanzer gehüllt, welche die roth lakirten Lanzen eingelegt, eben gegen einander ansprengen wollten, um auf Tod und Leben zu kämpfen,

35

während rund umher aus dem Kranze der Damen vom hohen Balkone melodisches Stimmengewirr, leises Flehn, süßes Flüstern, bald für Diesen bald für Jenen den Sieg vom Himmel zu erbitten schien.

Und ich bewunderte die tapfern Prinzen, die immer neue Gänge begannen, so ungleich manchen unsres Geschlechts, welche ihre Zwiste nur durch andre Gänseriche auszumachen pflegen, die auch gutmüthig genug sind, sich für ihr Interesse todt schlagen zu lassen. Diese gefiederten Prinzen zahlten wenigstens mit ihrer Person. Ich aber nahm mir vor, mit höherer Macht begabt, jetzt wohlthätig ihren Streit zu schlichten und dann gelegentlich ihre Tapferkeit mit ihren eignen Federn zu schildern; denn bin ich nicht auch eine Art Federritter? ein Edler des neuen Faustrechts, welches den Kiel statt des Schwerdtes führt, und wahrlich in geschickter Hand keine geringeren Wunden, als jenes einst versetzte, auch heute noch zu schlagen weiß. Ja seltsam genug ist es, daß die einflußreichsten und gefährlichsten Federhelden unsrer Zeit sogar denselben Namen wieder führen, als ehemals die mächtigen Schwerdthelden; ich meine die Ritter Burggrafen in Deutschlands Gauen, welche „Advocati" hießen.

Nun nahm ein weiter Wald mich in seine einsamen Schatten auf. Scheues Wild knisterte hie und da durch die Zweige, der Kukuk ließ sein geheimnißvolles Frühlingswort bald da, bald dort, wie Koboldsruf erschallen, und froh ward mir wieder die Brust, alle nächtlichen Schauer schüttelte ich von mir ab: denn in mir und außer mir fühlte ich mich von neuem lebhafter und inniger im Tempel Gottes, in den Armen der ewigen Liebe und der erhabnen Natur.

Freilich verlassen wir eigentlich diesen Tempel nie: doch werden wir nicht immer uns desselben mit gleichem Entzücken bewußt, da, wo des Menschen einseitiges Walten seine Spinnengewebe darüber hingezogen hat.

So gelangte ich, nach ziemlich mühsamem Suchen und schwierigem Vordringen auf verlassenen Pfaden, in das reizende Revier, wo auf einem Hügel, langsam verfallend, die Ruinen des Jagdschlosses stehen, in dem der unglückliche Graf sein schmerzliches Leben beschloß. In reizendem Contrast mit diesem trüben Bilde war die romantische Umgebung. Hundertjährige Fichten faßten hier mit ihrem schwarzen, faltigen Mantel blumige Wiesen ein, junge Birken mit den zarten sprossenden Blättern bedeckten das tiefe Thal, und durch das Erlengebüsch raschelte, wie unzählige Eidechsen, in hundert phantastischen Krümmungen, das kleine Bächlein, welches unter den noch übrig gebliebenen Mauern des alten Schlosses sich verlor.

Wie schön, wie herrlich, dachte ich mit frommem Gebet, ist doch deine Schöpfung, o Gott! — und welches verhängnißvolle Geheimniß ist es, das nur den Menschen allein so oft ausschließt von jenem allgemeinen Genuß. Warum quält nur er sich im Staube, und sorgt, und rollt ewig den Stein des Sisyphus, während doch alle Vögel so freudig singen und die Blumen so harmlos duften, unbekümmert um den folgenden Tag. Ja! theuer bezahlen wir die höhere Erkenntniß, theuer die genossene Frucht vom verbotenen Baume, dieses chemische Wissen, welches Alles in seine Bestandtheile zersetzt und darüber das Ganze verliert. Und wer weiß, wie oft schon auf dieselbe Weise die Niederlage sich erneute, welche die zu viel Erforschenden — die himmelstürmenden Giganten — wieder in das Dunkel der Tiefe herabwarf.

So dacht' ich bei mir und fühlte herben Schmerz und doch auch seligen Genuß; denn unergründlich sind die Schachten unsrer Seele! Ich mußte mein Entzücken über Gottes herrliche Natur an irgend etwas auslassen, irgend einem lebenden Wesen liebkosen, und da sich nichts andres vorfand, so streichelte und küßte ich meinen herrlichen Rustan, meinen Lieblingsgaul, einst das Leibroß eines fanatischen Wechabiten — jetzt Pegasus im Karren eines christlichen Philosophen.

Das edle Thier, durch des Schicksals wunderliches Spiel, von den Ufern des rothen Meeres an die Ufer des schwarzen Schöpses verschlagen, weiß, wie alle die adeligen Rosse Arabiens, gleich treuen Hunden, sich seinem Herrn mit Liebe anzuschmiegen, und bewies mir nun seine Freude, indem es mich mit den schönen ausdrucksvollen Augen schalkhaft gutmüthig von der Seite anschaute, und scharrte, und den Schweif hob, und ganz melodisch schnarchte, und dann seine Nase gegen meine Hand drückte, mit der umgeschlagenen Lippe sie schmeichelnd zu fassen versuchend, als wolle es mir so deutlich, als es nur könne, sagen, es verstehe meine Zärtlichkeit gar wohl und theile sie.

Für solche Pferde kann man wirklich eine Art Leidenschaft fassen, und ich finde daher auch, daß man mit Unrecht in manchen alten, und selbst noch in neuen Romanen die Edelleute wegen ihrer Passion für Pferde und Hunde so sehr anfeindet. Es ist doch besser: etwas zu lieben, als gar nichts; und was sieht man heut zu Tage, vom Adel wie vom Bürger, lieben, als — jeden seinen Geldbeutel. — Das hat die Zeiten allerdings industrieuser gemacht — ob aber herzlicher und besser? — Die Frage wollen wir hier unerörtert lassen; so viel ist indeß gewiß, bei den Arabern gilt ein Pferd mehr als ein Mensch, und wird auch für viel vornehmer gehalten. Wie auf der Insel, die weiland Gulliver entdeckte, bilden diese Thiere dort die wahre Aristokratie, und man führt dort, wie hier für unsre Souveraine, Kriege ihretwillen, die oft mit der Ausrottung mehrerer Stämme endigen. Wären die Pferde nicht zugleich auch so nützliche Thiere zum täglichen Gebrauch, so hätte man vielleicht gar schon eine Gottheit aus ihnen gemacht. Aber, wie gesagt, sie sind zu nöthig für Alle, um sie entweder dem Nichtsthun, oder den Priestern allein zu überlassen, in deren Hände sie, als göttlich, dann doch unfehlbar hätten gelangen müssen.

Dabei fällt mir ein französischer General ein, der die Expedition nach Aegypten mitgemacht hatte, und auf seinem Zuge zur weiland russischen *partie de plaisir* durch mein Gut marschirte, wo er mir, *accompagné de plusieurs autres*, mehrere Tage die Ehre erzeigte, mein Schloß als das seinige anzusehen, und die Humanität so weit trieb, mich jeden Mittag regelmäßig zum *diné* in meinem eignen Hause einzuladen. Dieser brave Mann (er kam nachher auf dem Rückweg wieder und bettelte *pour Dieu* um einen alten Rock) erzählte viel von den arabischen Pferden und zum Theil recht Interessantes. So sprach er unter andern von einem Räuberhauptmanne, welcher zwei ächte Nedjyd, deren Stammbaum bis auf Abrahams Zeiten zurückgegangen sey, besessen und durch sie fast unangreifbar geworden wäre. Er und sein fünfzehnjähriger Sohn wohnten nämlich ganz allein in einer Art kleinen Burg, mitten in der Wüste, die ein tiefer gemauerter Canal von 16 Fuß Breite umgab. Keine Brücke führte zur Feste, aber bei jedem Ein- und Auszug trugen die Nedjyds ihre Herren mit Leichtigkeit über den Abgrund in das sichere Asyl, während der übrige Stamm außerhalb unter seinen Zelten im Sande lagerte.

Als ich wegen des Stammbaums, auf Burkhard gestützt, einige Zweifel erhob, rief der General ganz entrüstet: *„Comment, Monsieur, vous en doutez? — Savez vous, qu'il n'y a pas un cheval de race parmis les Arabes, qui n'ait son extrait baptistaire?"* —

„Dans ce cas," erwiderte ich, — *„les Missionnaires ont été plus heureux en Arabie que dans l'Inde."*

Er merkte nun seinen *blunder* und verbesserte ihn

lachend; denn bei diesem liebenswürdigen Volke endet zuletzt Alles mit Lachen. Auch als ich später den armen Teufel aus meiner Garderobe neu equipirte, lachte er herzlich und versicherte: *que la dernière campagne avait été diablement fraiche*, und versprach, mir das nächste Jahr meine *générosité* mit Interessen wieder zu bezahlen. Bei Großgörschen zog jedoch ein mächtigerer Mann, Herr von Rumpelmeier, einen Wechsel auf ihn, den er vergebens protestirte und ich verlor meine Interessen.

Wenn der Leser glaubt, daß mir auf dem einsamen Jagdschloß wieder etwas Absonderliches begegnet sey, oder ich dort gar eine Auflösung des Räthsels der vergangenen Nacht, vielleicht ein halb vermodertes Manuscript in einer Mauerblende, oder dergleichen gefunden, so irrt er sich leider sehr. Es blieb nur bei den eignen Phantasiebildern und da diese jetzt dem in Jugenderinnerungen Verlornen eine erneute Sehnsucht nach dem früher vorgesteckten Ziele einflößten, so machte sich demgemäß derselbe bald wieder auf den Weg.

Ich habe vergessen, Dir, geehrter Leser, zu melden, daß ich noch einen Diener mit mir führe, der aber nur ein stummer Mohr ist. Ließe es sich irgend mit dem Dienste vereinigen, so würde ich ihn auch blind und taub gewählt haben, wie die junge Italienerin in der Oper ihren Ehemann verlangt; denn für einen einsiedlerischen Phantasten, wie ich es bin, kann es nichts Unbequemeres geben, als die vielen aufpasserischen Sinne eines Bedienten. Ich selbst brauche überdies wenig mehr Bedienung, als ich mir zur Noth selbst gewähren kann, und außerdem höchstens solche, welche ich überall finde; die Pferde aber verständigen sich mit meinem stummen Schwarzen vortrefflich. Ich gab diesem jetzt die Zügel in die Hand und setzte mich behaglich zurück, um Gegend und Gedanken desto besser zu genießen. Wir passirten einige freundliche Dörfer. Die junge

Saat und die blühenden Obstbäume, der himmlische Verjüngungshauch des Frühlings, der azurblaue Himmel und die linde, würzige Luft machten heute auch den minder begabten Erdfleck zum Paradiese. Ich überließ mich ganz so freundlichen Eindrücken, und ging dann innerlich — in die Kirche; denn der liebe Gott ist ja überall zu finden, und in der That auch gar kein so geheimnißvolles, unsichtbares Wesen, als ihn manche Theologen darstellen und die Philosophen suchen. Er erscheint nur Jedem verschieden, aber auch das einfältigste Gemüth fühlt und erkennt ihn gar oft, wenn auch unter andern Namen und alt bekannten Formen; der eine in der Geliebten, jener in der Pracht der untergehenden Sonne, im majestätischen Laubdome des von tausend Sängern belebten Waldes, im Genusse einer guten That, in der Entsagung aus Liebe zum Rechten, ja auch im innigen Wohlseyn unbescholtener Jugend, in den Werken der Kunst und des Genies, in dem glücklichen Bewußtseyn einer eigenen gelungenen Schöpfung, in hundert andern recht sinnlichen Dingen noch — aber in allen diesen Fällen giebt es ein Kennzeichen, ohne welches Gott nie erscheint, und welches ohne ihn auch nie erscheint: — reine, selige Freude. Nur aber laß Dir, armer Mensch, von Niemand einreden, daß Du diese Seligkeit nur mit Hülfe der Bibel oder des Korans, in der Kirche oder Moschee, bei Deinen Pfaffen oder Mollahs, finden könntest — sie ist überall, wo Dein Geist sich zum Allmächtigen zu erheben versteht, wo Du gut bist, wenn Du auch nicht einmal Opfer brächtest; denn Kreuz und Leiden, Gerippe, Opferthier und Tod, gehören — dem Himmel sey Dank! — nicht nothwendig dazu, wohl aber Liebe, Liebe für Gott, seine ganze Schöpfung und sich selbst. Die wahre Religion ist nicht schwer: sie ist nur Trost und Stütze und Glück. Sie gönnt Dir jeden Genuß, den die Vernunft erlaubt und verdoppelt ihn noch durch Heiligung auch des Geringsten. Unter welchem Bilde also, durch welche Mittler oder Offenbarung sie Dir aufgeht, dabei

41

bleibe; ist es in irgend einer Kirche, so halte sie hoch; ist es im Tempel der Natur; so lasse diesen Deinen Tempel seyn.

In diesem letzteren Falle befindet sich nun meine Wenigkeit, und ich sang daher eben, mit der Lerche um die Wette, mein Lied zwischen Exordium und Predigt, als ich auf kahlem Hügel — einen hohen Galgen und eine wogende Menschenmenge darum her erblickte.

Man erzählt von einem Schiffbrüchigen, daß er, an unwirthbarer Küste strandend, sich verzweiflungsvoll auf einer wüsten Insel glaubte, bis er eines Galgens ansichtig ward und nun entzückt ausrief: „Gott der Allmächtige sey gepriesen, hier ist Civilisation!"

Ich kann nicht sagen, daß mir dieser Civilisations-Verkünder eine eben so angenehme Ueberraschung verursachte, um so mehr, da ich nicht zweifeln konnte, er solle so eben functioniren. Ich hasse Executionen, seit ich in Bern einen 75jährigen Greis hängen sah, der vor 40 Jahren für 30 Batzen Wäsche von der Bleiche gestohlen hatte; ferner, früher als Kind dabei gegenwärtig war, wie in H.... ein armer Soldat auf Tod und Leben Spießruthen laufen mußte, weil er sich an einem unmenschlichen Lieutenant vergriffen, der jetzt ein angesehener General ist. Ich kann daher auch nicht umhin, mich immer für den leidenden Theil am meisten zu interessiren, und denke manchmal sogar, daß die, welche so leicht und unbefangen ihren Mitmenschen das Leben absprechen, auch nichts andres als Mörder sind, nur mächtige und patentirte, was allerdings einen Hauptunterschied macht.

Indessen ist es einmal einer meiner Grundsätze, keinen menschlichen Zuständen aus dem Wege zu gehen, die sich der Beobachtung darbieten; doch fiel mir der sonderbare Contrast auf, der mir bis jetzt auf meiner Ausflucht, statt herrnhutischer Stille, die ich bezweckte, nur Jugendsünden,

Geister, Mörder, Galgen und Rad präsentirt hatte. Nicht ohne innere Bewegung stieg ich vom Wagen und mischte mich unter den Haufen der Zuschauer.

Es war wirklich ein Mörder, der hingerichtet werden sollte, und grause Umstände hatten die That begleitet. Ist es der Gerechtigkeit überhaupt erlaubt, so weit zu gehen, so war hier wenigstens Ursache genug dazu. Das Organ mußte bei diesem Unglücklichen sehr fehlerhaft seyn, denn schon als Knabe war er von seinem Schäfer fortgejagt worden, weil er dem treuen Hunde, der ihn und seine Heerde bewachte, die Beine abgeschnitten, die Augen ausgestochen und in diesem Zustande lebendig bis an den Kopf, den er mit Honig eingeschmiert, im Sande vergraben hatte. Man entsetzt sich vor solchem Gräuel — ja, solche That kommt mir noch weit schrecklicher vor, als der einfache spätere Menschenmord aus Interesse, wenn gleich die menschliche Gesellschaft nur vom letztern Notiz nimmt, die Hunde aber keine Criminal-Justiz haben und auch die höhere Thierart nicht richten dürften, eben so wenig, wie wir Engel und Dämonen, die vielleicht ähnliche Dinge mit uns vornehmen, von denen wir uns nichts träumen lassen. Aber würde bessere Erziehung, nicht nur der Kinder in der Schule, sondern auch der Erwachsenen durch bessere Staats- und Gerichts-Verfassung, der Menschheit nicht tausende solcher Verbrechen ersparen, und sollte diese daher nicht mehr noch darauf denken: sie zu verhindern, als zu rächen? — Das letztere hilft, in Wahrheit, fast nichts. Stand der Aufklärung und Gesinnung sind der Boden, aus dem das Gute und Böse aufwächst. Die Axt haut wohl den verwachsenen Baum nieder, aber neue Sprößlinge treiben fortwährend aus der blutgedüngten Erde.

Es bleibt ohnedies keine Strafe auf der Welt aus, und die Menschheit selbst muß es endlich büßen, was sie an der Bildung des Einzelnen vernachläßigte. Noch schneller jedoch muß das Individuum die natürlichen Folgen seiner Handlungen tragen, und wer seiner doppelten Bestimmung als Mensch — nämlich der: nicht nur sich, sondern auch Andern zu leben, folglich auch dem allgemeinen Gesetz, das der Staat als Repräsentant der Mehrheit ihm auferlegt, sich zu fügen — nicht eingedenk ist, kann auf dieser Erde, selbst abgesehen von seiner individuellen Ueberzeugung, nie ruhig und zufrieden enden. Entweder erreicht ihn der Menschen rächende Hand direct durch Strafe, oder indirect durch Verachtung, Haß und Schmach; und entginge er auch den Folgen dieser, so wird ihn doch fortwährend, vielleicht noch bitterer, das drückende Bewußtseyn quälen, was wir Gewissen nennen, nämlich die Furcht: einer oder der andern Alternative verfallen zu müssen, wenn er entweder die Macht verlöre, die ihn vielleicht schützt, oder wenn offen da läge, was noch verborgen ist. Es giebt freilich überall Ausnahmsfälle; aber ein Mensch stehe auch noch so fest auf seiner Ueberzeugung: immer ist es ein gefährliches Wagstück, mit der allgemeinen Meinung den Kampf zu beginnen, und ganz gleichgültig wird ihm das Urtheil seiner Mitmenschen (wäre beides auch seiner Ansicht nach ungerecht und irrig) doch auf die Länge niemals bleiben. Denn der Mensch ist ein zur Geselligkeit bestimmtes Wesen und nur als solches muß er in jeder Beziehung leben und wirken, ja er findet sein vollendetes Daseyn, die wahre Erkenntniß seiner selbst zuletzt nur in der ganzen Menschheit. „Nur sämmtliche Menschen," wie Göthe schön sagt, „erkennen die Natur, nur sämmtliche Menschen loben das Menschliche."

Ja wohl! und so erkennt auch nur das ganze Universum zusammengenommen vollständig Gott und lebt in und mit ihm das Göttliche.

Der Verbrecher, dessen schweres Ende jetzt nahte, hatte im Verhör ganz unumwunden seine Mordlust gestanden und ausgesagt: daß, als er sich zum Tödten seines Kameraden (um eines neuen Rockes willen) entschlossen gehabt, und nun das Opfer schlafend vor sich liegen gesehen, die Zähne ihm vor Begierde bei dem Anblick zusammengeschlagen wären. Wohin verirrt sich die menschliche Natur! Gewiß könnte man mit Recht jeden Mörder und Selbstmörder zu den, wenigstens momentan, Verrückten rechnen.

Es war demnach unmöglich, ein solches Scheusal zu beklagen, und als ob ihm kein Laster fehlen solle, so erschien er in seinen letzten Augenblicken auch noch feig. Er hatte alle Fassung verloren, und der junge Prediger, welcher ihm die Stufen hinauf half, nicht minder. Dieser betete ihm das Vaterunser vor, dessen Worte der schon Halbtodte mechanisch nachplapperte, als wolle er sich zu guter letzt dadurch noch möglichst betäuben und sich selbst zu vergessen suchen. Die Wahl des Gebets war allerdings in diesem Augenblicke unpassend, und es hatte etwas furchtbar Ironisches, als der Mensch, der seinen Kopf in einer Minute verlieren sollte, mit heiserer Stimme rief: „Gieb uns unser täglich Brod!" Die rohe Menge lachte, und einige greuliche Späße berührten mein Ohr; der Sünder aber, dem schon die Augen verbunden waren, lallte fort und fort die einzelnen Betworte emsig nach, so wie sie dem Munde des leichenblassen Seelsorgers entfielen, bis das letzte — wie ein weher Klagelaut — im herabstürzenden Haupte verklang. —

„Es ist doch eigen", sagte ein alter weißhaariger Landmann neben mir, „es ist doch eigen, daß sie gestern wieder unter den sieben Linden getanzt haben!"

„Wie so, Alter?" wandte ich mich neugierig zu ihm. —

„Ach, der Herr sind wohl fremd? Sehen Sie wohl, da gleich hier links den anderen Hügel, der wie ein

Zwillingsbruder von dem aussieht, woraus wir stehen, und die Linden oben auf seiner Spitze?" —

„Sehr genau," erwiderte ich; denn schon vorher hatte mich die seltsame Gruppe angezogen, wo sieben alte Lindenstämme schlangenartig in einander verflochten, nur e i n e herrliche weite Krone über sich bildeten.

„Nun" fuhr mein Berichterstatter fort, „seit ich mich besinnen kann, und das ist lange her, hat es immer geheißen: daß, wenn einer auf dem Richtplatz sterben soll, die Nacht vorher alle, die früher hier gerichtet wurden, unter den sieben Linden tanzen müssen, so lange die Thurmglocke im nahen Rosenau Mitternacht schlägt. Länger dauert der Ball nicht, aber die es gesehen, haben doch ihr Lebtage genug daran gehabt. Des Herrn Grafen Rattenfänger aus Rosenau, der hat ihnen einmal vom Anfang bis zum Ende zugeschaut, den Tag vorher, ehe der rothe Nickel gerädert ward, und gerne gab ihm jeder von uns einen freien Abendtrunk, wenn er die Angst erzählte, die er da ausgestanden."

„Es war grade Mondschein zu der Zeit", fuhr der Alte geschwätzig fort, „und so hell, daß man hätte eine Stecknadel auf der Erde liegen sehen können. Da kam Schuldmann — so hieß besagter Kammerjäger — eben von einer Dienstreise zu Hause und pfiff sich sein Ratzenliedchen. Es war nicht eben aus Lust, sondern mochte mehr aus Angst seyn vor dem verdächtigen Orte: denn der giftige alte Kerl hatte mancherlei Werg am Rocken, wie man zu sagen pflegt."

„In der ganzen Gegend war er nicht zum besten angeschrieben, weil er seinen Einfluß beim Grafen immer nur dazu benutzt hatte, denen zu schaden, die er nicht leiden konnte. Solche sah man ihn denn Jahre lang ohne Erbarmen verfolgen, wie und wo er nur konnte, bis er ihnen irgend ein Leid angethan. Dabei war er nun noch überdies, wem er's nämlich bieten zu können glaubte, ein gar grober Geselle, der alte Schuldmann, und obgleich er jetzt mitunter etwas altersschwach wurde, so blieb er doch noch voller Galle und bissig genug, um manche Furchtsamen ins Bockshorn zu jagen. Heute aber blieb ihm, wie Sie gleich hören werden, mit Verlaub zu reden, doch das Herz in den Hosen stecken. — Also, wie gesagt, er sang sein Liedchen, wovon ich den Anfang noch recht gut behalten habe; — so hieß es:

Manch Jahr schon regier' ich die Ratzen,
Und wenn meine Räthe, die Katzen,
Recht beißen die Großen, wie Kleinen,
Macht m i c h das Erbarmen nicht weinen.

Doch Eines behalt' ich alleine:
V e r g e b u n g allein mich betrifft;
Großmüthig, doch nur zum Scheine,
Vergeb' ich sie Alle — mit Gift."

„Wohl denn; der Alte hatte sichs heute auf der Reise bei Tisch und Becher gut schmecken lassen, weils ihm nichts kostete; denn bei ihm zu Hause war in der Regel ein verteufelter Schmalhans Küchenmeister."

„So humpelte er nun mit dem großen Kammerjägerschilde auf dem Rocke und den großen Stock in der Hand, mit seinen podagrischen Beinen langsam auf die Linden zu, wo ihn sein Weg dicht vorbeiführte — da schlug die Glocke in Rosenau Zwölfe an, und kaum hatte der erste Klang die Luft erschüttert, als aus den dichten Lindenzweigen ein Kerl im Armensünderhabit herabsprang und wie ein Plumpsack grade vor Schuldmanns Füße hinstürzte — aber wie ein Stehaufchen war er auch gleich wieder auf den Beinen, und hielt dem alten Rattenfänger seinen Kopf mit der Hand vors Gesicht, als wenn er ihm, wie mit einer Laterne, damit unter die Nase leuchten wollte. — Schuldmann war mehr todt als lebendig vor Schreck, konnte aber, als sey er behext, kein Glied mehr rühren — und schnell sprang jetzt wieder ein andrer aus dem Lindenknäuel herab, und wieder einer, und ehe noch der zweite Glockenschlag erscholl, tanzten schon sechs Paare dicht um ihn her — greuliche, verzerrte Gestalten: die Gehangenen mit heraushängenden Zungen, vorstehenden blutrünstigen Augen und dunkelblauen Gesichtern; die Geköpften, ihre Köpfe in die Höhe schleudernd und wieder auffangend, wie es ehemals bei uns die französischen

Tambur Maschors mit ihren Stöcken machten; und zuletzt
kam noch ein Geräderter, allein abgesondert, der mit den
herumschlotternden, zerbrochnen Knochen, wie ein
Hampelmann, den andern vortanzte, wahrscheinlich noch
den rothen Nickel zum baldigen Cumpan erwartend. Mit
dumpfer und leiser Stimme sangen die Geister dann im
Chor:

> Schuldmann, Du bist jetzt unser Gast —
> Doch fürchte nichts für Deinen Kopf,
> Verlieren kannst Du nicht, was Du nicht hast;
> Drum lebe hundert voll, Du Tropf!
> Doch dann erwarten wir Dich dort
> Für so viel gemarterte Ratzen,
> Wo in der Hölle Du, fort und fort,
> Dich hinter den Ohren sollst kratzen."

„Und damit kam der Geräderte auf ihn zu, als daure ihm
des rothen Nickels Abwesenheit zu lange, und als wolle er
einstweilen mit Schuldmann zum Cameraden fürlieb
nehmen. Aber dem waren nach und nach die paar noch
übrigen Haare zu Berge gestiegen, als wären es Borsten.
Statt des vorigen Liedes Fistelklang wand sich nur tiefes
Grunzen noch aus seiner Brust, und in der höchsten
Todesangst strengte er jetzt alle seine Kräfte auf einmal an,
und gab Fersengeld, was die alten Beine nur vermochten.
Das Entsetzen lieh ihm Flügel — nur einmal noch, grade
mit dem letzten Schlage der Glocke, warf er einen scheuen
Blick der Todesangst hinter sich zurück und sah, wie der
ganze Spuk unter fürchterlichem Geheul langsam in die
Erde versank."

„Solltet Ihr's aber wohl glauben, lieber Herr, daß unser
Schuldiger, denn so nannten wir ihn oft der Kürze wegen;
nun, daß unser Schuldiger, sag' ich, wirklich grade 100 Jahr
alt wurde, noch einmal eine junge Frau heirathete, weil ihm
die Geister doch versichert, er habe nichts für seinen Kopf
zu fürchten, und nachdem er zweimal Jubiläum gefeiert,

zwar ganz kindisch, und nur dann noch thätig blieb, wo eine kleine Bosheit auszuüben war, aber eben deßhalb immer in gleichem Ansehn, als wirklicher Ratzenfänger, in Amt und Würden selig verstarb. Sonst aber sind die Prophezeihungen des bösen Geistergesindels gewiß nicht in Erfüllung gegangen. Wir wissen zwar nicht, ob sein armer Kopf wirklich unbeschädigt geblieben, aber in die Hölle ist er nicht gekommen. Wie uns der Priester versichert hat, ward er begnadigt und hämmert nur als Grobschmidt 500 Jahre im Fegefeuer, was doch nichts dagegen ist, die ganze Ewigkeit hindurch geschmort zu werden." —

⊢——————⊣

Ich erlaube mir, den geneigten Leser ohne Weiteres in die Gaststube zu K. W. zu versetzen, wo ich mir mit einer sehr achtungs- und liebenswürdigen Dame ein Rendezvous gegeben habe. Es ist jetzt Mode, wenn man eine junge, hübsche Frau entführen will, sie erst eine kurze Zeit in eine herrnhutische Anstalt zu schicken, damit sie sich gleichsam präpariren und zur vorhabenden Reise sammlen möge. *Le péché en devient plus piquant.* — Dies war aber mein Fall nicht. Die Dame meines Herzens ist zwar von sehr angenehmem Aeußern und, lebte sie in England, würde man sagen können, sie sey erst in das eigentliche Alter der Eroberungen getreten, welches dort bekanntlich mit dem vierzigsten Jahre beginnt. Sie und ich sind indeß schon seit langer Zeit die neusten Freunde, und sie erscheint mir überdies, schon durch Geist und Güte, alles Aeußere abgerechnet, hundert Jüngern vorzuziehen, ist aber noch außerdem durch etwas Kostbareres unschätzbar für mich — nämlich durch wahre Liebe, die sie für mich hegt; mit Einem Worte: es ist meine Julie. Doch so reich ihr Gemüth an Liebe ist, so hat es doch glücklicherweise auch seine liebenswürdigen Schwächen (denn nichts ist langweiliger auf der Welt, als Vollkommenheit), und diese benutzt, außer mir, besonders noch ein Wesen, welches ebenfalls in ihrer höchsten Gunst steht, ein *enfant gâté*, mit Namen *Fancy*, ein Geschöpf eben so *whymsical*, wie jene (*Fancy* heißt Laune), eben so gracieus, aber auch zuweilen eben so furchtbar, wenn es übler Laune ist. Dieser junge englische Gentleman, oder vielmehr Nobleman ist ein ächter Sprößling der edlen Marlborugh-Raçe von Blenheim, in dessen Schlosses Thorhalle ich selbst ihn kaufte — denn mit Spaniels ist der Sclavenhandel in England dermalen noch verstattet.

Nicht ahnete mir damals, welche Schlange ich im Busen erwärmte, als ich mit der Zärtlichkeit einer Wöchnerin den unbehülflichen Baby mir selbst zum siegreichen Rivale auferzog. Sorgsam ward er über das weite Meer transportirt, mit merkwürdigen Fabrikaten, mehrern Engländern (ein Pferd mit kurzem Schwanz wird bei uns ein Engländer genannt;), nationalisirten Affen und Papagaien, auch einigen menschlichen Insulanern — und alles dieses der geliebten Frau zugleich zu Füßen gelegt. Die Insulaner machten sich jedoch bald unnütz, so daß man sie zurücksenden mußte, die Pferde thaten ihre Pflicht und noch etwas mehr — ein sicheres Mittel, wenig ästimirt zu werden — Affen und Papagaien relegirte man in die Gewächshäuser, nur *Fancy* allein erlangte bald eine immer gesteigerte Intimität, ward erst, wie gesagt, verzognes Kind, dann Günstling, endlich Herr!

Derselbe ist nun unbeschränkter Autokrat im Hause; wohl dem, welchem er zuwedelt, doppelt wehe dem, den er in die Finger beißt: denn solcher wird nicht nur gebissen, sondern auch noch dafür gescholten werden. Geschieht mir aber dergleichen, so thue ich so, als sey es nur Spaß gewesen, und versichre, die blutigen Finger versteckend, und freundlich lächelnd: *Fancy* habe mich nur geleckt. — Merke Dir diese Regel, lieber Kammerherr, sie kann Dir goldne Früchte bringen, auch wenn Du ein Starost oder Knes wärest.

Ich fand meine Freundin verstimmt und bekümmert. Das liebe Hündchen war im Herrnhutischen zu gut aufgehoben gewesen. Es ist nämlich besagtes Herrnhut das wahre Kuchenland zu nennen. Aus meiner frohen Kindheit erinnre ich mich noch, daß wir oft dort selige „Trinken" oder sogenannte Liebesmahle hielten, wo wir mit jeder Tasse Kaffee ein größeres Stück des süßen Heilands in uns aufnahmen und in der Abendbetstunde wieder frommen Strietzel kauten.

Man sang damals noch folgende erbauliche Lieder, als z.B. das Jungfrauenlied:

Altes Herrnhutisches Gesangbuch Nro. **2270.** Vs. **1.**

Ihr von dem Flämmelein
Des Bräutigams der Gemein
Brennende Döchtelein,
Ihr Ehe-Vögtelein,
Ihr Elieserlein,
Ihr Vice-Christelein,
Unsres Herrn Jesulein,
Der Euch den Eheschrein
Hat aufgeschlossen fein,
Und Eure Gliedelein,
So sündlich sie auch seyn,
Besprenget und hält rein,
Die Kreuz-Lust-Vögelein
In Eurem Nestelein
Fährt in die Gegend nein
Als Wunderbienelein.

Oder Zugabe des 12ten Anhanges Nro. **2163.**

Gott Papa, Mama und Bruderlamm
Das Dreieinigkeit ausspann,
Werdet von der Ehmama

52

Göttlich sigilliret,
Bis den Bore der Papa
Zu der Berje führet.

und Nro. **2268**. Vs. 3.

Sollt es möglich seyn, daß wirs beschwiegen,
Wenn wir solche schöne Nachricht kriegen
Von Vice-Christen,
Von der Ehetäublein Seitritznisten.
Aber wenn das Herz zu Loch gekrochen
In das Wündlein, das der Speer gestochen,
Da zu hausiren,
Mags der Ehherr selbst caressiren.

O d e r   d a s   H o c h z e i t l i e d :

(Wir haben dies und das folgende mit griechischen, nach Erasmus Aussprache zu lesenden, Buchstaben drucken lassen, da es zwar als in einem gedruckten Gesangbuch stehend, zu den Merkwürdigkeiten seiner Zeit gehört, aber seines empörend gnostisch-mystischen Inhalts wegen sich nicht für das größere Publikum eignet.)

D a s   H o c h z e i t l i e d   Nro. **1990**.

Υιρδ εινε Γναδεν-Εσθηρ
Ȣνδ ναχ δεμ Λειβε σχȢεστηρ
Δας βȢνδεσγλιεδ γεωάρ·
σω σχλιεσσεν σιχ διε σιννεν
Ȣνδ σιε Ȣιρδ έιλιγ ιννεν,
δασς Γοττες σών ειν κναβε Ȣαρ.
Ιρ είλιγεν ματρωνεν,
διε ιρ ιν εέθρωνεν
Ȣμ Ȣιζε-χρισεν σειδ,
ιρ έρτ δας θευρε ζειχεν,
δαραν σιε χρισω γλειχεν
μιτ ιννιγερ γεβωγενέιτ.
ω γεέιμνισȢολλες γλιεδ
δας διε εέλιχεν σαλβεν
ΙησȢ άλβεν
είλιγ γιεβτ Ȣνδ κευσχ εμφητ
ιμ γεβητ,

ιν δεμ 8ον δεμ ερζερβαρμεν
σελβς ερφ8νδενεν Ουμαρμεν
8ενν μαν Κιρχενσααμεν σαητ, —
σει γεσεγνετ 8νδ γεσαλβτ
μιτ δεμ βλ8τ,
δας 8νσερμ μαννε
δορτ εντραννε
fύλε είσσε ζηρτλιχκειτ
ζ8 δερ σειτ
διε fυρ λαμμς γεμάλιν ωφεν
σειτ δερ σπηρ ίνειν γετρωφεν
δας οβιεκτ δερ εέλευτ.

Das Ehelied Nro. 2114.

Κνηβλειν, δειν μηννλιχες Υησεν
ις μιρ αρμεν ζ8μ γενησεν,
δαςς ιχ αλς ειν στρειτερ κναβε
Θειλ αν δεινερ κινδέιτ άβε,
δεινε είλ'γε ερσε Υ8νδε
σαλβε μιχ ζ8μ εέβ8νδε,
α8φ δεμ γλιεδε μεινες λειβες,
δας ζ8μ ν8τζεν μεινες Υειβες
8νδ δας π8ρπ8ρροδε ωηλε
φλιεςς α8ς μεινερ πριεσερ όηλε,
8νδ διε ρεχτ γεσχικλιχ μαχε
ζ8 δερ πρωκ8ρατορσαχε.
Δαςς ιχ μεινε Θευρε ριεβε
μοεγ' 8μφασσεν μιτ δερ λιεβε,
δαμιτ δ8 μειν Υειβ 8μφανγεν,
αλς ες διρ ζ8ρ σειτ' α8σγανγεν·
ζ8 δεμ βλ8τ'γεν λιεβες σχμερζε
σεγνε ιχ μειν εέέρζε,
8νδ δας βλ8τ δερ ερσεν Υ8νδε
μαχτ δας ωηλ βειμ εέβ8νδε.

Glaubt man nicht zu hören die neusten Frommen,
Bei denen es selig zum Durchbruch gekommen?

Mein altes Gesangbuchs-Exemplar steht Liebhabern daher auch gern zu Diensten, wenn eine neue Auflage desselben zur Erbauung der Gläubigen irgendwo beliebt würde. Um den Inbrünstigen aber noch mehr Lust dazu zu machen, schließe ich mit folgenden zwei — *nec plus ultra* — Liedlein.

I. Nro. 1813. Vs. 6.

Gottlob! wir wissens nun, wer Gott ist,
Es ist der Zimmermann Jesus Christ,
Der am Kreuz gestorben zwischen den Schächern,
Von dem es schallet auf tausend Dächern —
Seit einiger Zeit.

II. Anhang zum Gesangbuche XII. Nro. 2021.

Nichts ist doch freundlicher,
Als unser Herrgen;
Nichts liebt sich doch so sehr,
Als seine Närrgen;
Nichts predigt kräftiger,
Als Wunden Pfärrgen;
Nichts singet lieblicher,
Als Jesu Lerchen.
Drum bleib' ich gern verzückt
Im Bund der Närrlein
Und liebe ewiglich
Der Närrlein Herrlein.

Also, um den Faden meiner Erzählung wieder zu ergreifen, so war auch meiner Freundin in dem gesegneten Gemeindegasthof heute dreierlei sehr appetitlich aufgestellter Kuchen zum Frühstück gebracht worden. „Der eine" — hatte der Kellner erklärt (welcher eben als Missionair, ich weiß nicht von welchem Pole, zurückkam, und von der wahrscheinlich schlechten Kost daselbst sehr mager aussah,)

„der eine wird v o r dem Kaffee, der andre z u m Kaffee, der dritte n a c h dem Kaffee genossen."[5]

Fancy, der, wie seine Herrin sehr oft bemerkt hat, Menschenverstand besitzt, vernahm jedes Wort und befolgte des Missionairs Anweisung so gründlich, vor, zum und nach dem Kaffee, daß er jetzt, dem Platzen nahe, in Todesängsten lag, und eben aus der Hand eines mildthätigen Bruders, der Hundearzt in Nova Zembla gewesen, ein starkes Brechmittel hatte verschlucken müssen. Aus Furcht vor der Explosion war ihm einstweilen in einem Unterstübchen ein Feldbett aufgeschlagen worden, und von fünf zu fünf Minuten brachte der Jäger das Bülletin.

Eine bange Stunde war schon verflossen, und noch immer keine Wirkung da, als plötzlich der Jäger hereinstürzte, um mit triumphirender Miene zu melden, daß eine Crisis eingetreten sey. „So eben" sagte er, „haben das herrnhutische Mittel, welches nach vorn intendirt war, auf die hintere Constitution gewirkt." Mit einem glücklichen Lächeln empfing man die frohe Nachricht; ich aber machte bei mir selbst ernste Betrachtungen. Ist es nicht klar, sagte ich zu mir selbst, daß künftig nichts mehr ohne Constitution bestehen kann? Wes das Herz voll ist, des geht der Mund über, und hörten wir es nicht eben: Constitution ist schon ein Lieblingswort des Volks geworden, ja, wie die Kammern in obere und untere, theilt es auch schon die Constitutionen in vordere und hintere ein. Zu den letztern kann man ohne Zweifel allegorisch jene rechnen, welche auf sich warten lassen, oder unvollkommen gegeben wurden, denn sie liegen, so zu sagen, noch im H i n t e r grunde der Zeit, und auch in anderer Beziehung paßt die scharfsinnige Benennung, z.B. da, wo Stände existiren, die nur dem Namen, nicht der That nach da sind, denen ähnlich, von welchen der selige Feldmarschall K.... zu sagen pflegte: „sie kommen mir ganz so vor, wie mein H.... Beide haben Sitz und Stimme, aber beiden nimmt man es verdammt übel, wenn sie laut werden."

Doch laßt uns in den Schoos der Gemeinde zurückkehren.

Da die Ruhe im Hause nun wieder hergestellt war, benutzte ich diese glückliche Conjunctur zu einer Ausflucht, nämlich um einen Besuch bei Brüdern und Schwestern en gros zu machen.

Wen erfreut und besticht nicht schon der äußere Anblick jener freundlichen, reinlichen und anspruchslosen Oertchen, welche von Herrnhutern bewohnt sind? Ich spreche jetzt ganz ernsthaft. Gewiß ist es ein sehr rühmliches Zeichen für sie, (man denke nun über ihren religiösen Cultus wie man wolle) daß Processe unter ihnen unbekannt und Verbrecher höchst selten sind; daß sie brüderlich zusammenhalten und daß sie von jedem Gutsbesitzer als Unterthanen sehr gewünscht und allen andern vorgezogen werden. Sie geben überall ruhig und ohne Anstand, was des Kaisers ist, und Gott, was sie ihm schuldig zu seyn glauben. Man wirft ihnen Heuchelei, Duckmäuserei u.s.w. vor. Was geht mich aber das an, wenn Jemand dabei nur alle seine Bürgerpflichten gegen mich erfüllt, und mit seiner Frömmelei weder in die Weltbegebenheiten einzugreifen noch irgend Jemand zu schaden sucht, sondern sie nur als ein Privatvergnügen treibt. Ich achte daher die Herrnhuter gar sehr, aber Komisches haben sie an sich, das ist nicht zu leugnen, und ich habe vorher erklärt, daß ich, (wirklich nach zu vielem Weinen) jetzt aus Lachen und Scherzen mein Handwerk gemacht habe, es indeß auch Keinem verdenke, der es mir reichlich wiedergiebt, wenn es nur eben so harmlos geschieht.

Die Brüder und das Knaben-Institut fand ich über die

Erlaubniß cynisch. Man wurde überall, bis in den Eßsaal sogar, auf eine der Nase fast unerträgliche Weise daran erinnert, was das endliche Loos des besten *Dinés* auf Erden zuletzt seyn muß; die Farbe der Kleider war an den Kindern vor Schmutz kaum zu erkennen, und die Häupter der Knaben schienen überdies missionarische Insekten aus allen Zonen zu beherbergen. Das hat sich, hier, in K. W. wenigstens, gegen sonst sehr verschlimmert und verdient Rüge. Uebrigens rührte es mich ungemein, alles Andre noch so ganz beim Alten zu finden, denn hier in diesen heiligen Hallen kennt man, wie in China, die Neuerungswuth noch nicht. Jede kleine Nüance, jede Sitte, jede Eintheilung der Stunden war noch genau wie ehemals dieselbe, und auf der nahen Wiese sah ich auch wieder Ketta, das Lieblingsspiel meiner Kinderjahre spielen, und die frohe Jugend lustig, wie eine Heerde Schäfchen springend, zurückkehren; hinter ihnen der Lehrer mit zwei seiner liebsten Knaben, einen an jeder Hand führend. Auch das kleine Gärtchen, wo Jeder sein Beet hat, besuchte ich, und erinnerte mich, wie dort meine Gartenpassion zuerst erwachte, und ich stets darauf sann: meinem Beete eine neue Form und ein andres Ansehn zu geben. Einmal hatte ich das Unglück, in der Hast einen meiner Mitschüler, der sich eben bückte, mit der Hacke so schwer in den Kopf zu hauen, daß sein Blut auf meine Blumen strömte und mir die Gärtnerei lange verleidete. Der Arme war ein lieblicher Knabe, ein Graf H...., der, als er zum vielversprechenden Jüngling gereift war, sich aus unglücklicher Liebe — erschoß. So schien sein rothströmendes Haupt, das mir noch immer vorschwebt, eine blutige Vorbedeutung! —

Ich wurde, nach dem bisher Gesehenen, angenehm überrascht, im Schwesternhause und der Mädchen-Anstalt, besonders im ersten, die musterhafteste Reinlichkeit und Nettigkeit, dabei aber auch ächt weiblich geheizte Zimmer, trotz der schon warmen Jahreszeit, zu finden. Die alte Vorsteherin sah ganz einer Aebtissin ähnlich und hatte, gegen die hiesige Sitte, etwas sehr Bestimmtes und Würdiges, so zu sagen, klösterlich Weltliches in ihrem Wesen. Auch ermangelte sie nicht, das Haus möglichst gelten zu machen, zeigte mir mehrere Säcke voller Lebensmittel und Sachen, die sie an eben abgebrannte Nichtherrnhuter schicken ließ, und machte mich darauf aufmerksam, wie alle Arten von Handwerken und Geschäften im Hause selbst betrieben, und nur allein Schuhe von außerhalb desselben bezogen würden. „Ja Alles" — wie sie sich in ihrer sechzigjährigen Unschuld komisch genug ausdrückte, „Alles, was wir brauchen, besorgen wir uns selbst, nur den Untertheil müssen wir den Brüdern überlassen."

Die Schwestern sind nach ihrem Alter in verschiedene Stuben vertheilt, und da wir auch von unten, ich meine: von den Aeltesten, anfingen, so war für steigendes Interesse gesorgt. In dem Zimmer der Fünfzehn- und Sechzehnjährigen fand ich einige allerliebste schmachtende Gesichter. Alle standen sogleich von ihrer Arbeit auf, so wie wir hereintraten, und nun frug die Vorsteherin, um ein wenig damit zu prunken: wie weit her die Mädchen wären, die erste:

„Friederike, wo bist Du her?"

Knix: „Aus Otahaiti."

„Und Du, Jettchen?"

Knix: „Aus Labrador."

„Und Du, braune Amalie?"

Knix: „Aus Afrika."

„Wohl vom Vorgebirge der guten Hoffnung?" fiel ich ein; denn abgerechnet, daß sie der berühmten hottentottischen

Venus in der Hauptpartie glich, so schien auch ihre übrige Corpulenz dem erwähnten Vorgebirge ganz entsprechend. Sie war aber noch weiter her: aus Madagascar.

„Du aber, mit den Flachshaaren?" fuhr die unermüdliche Aebtissin fort.

„Aus Grönland." —

Das Ding kam mir fast wie eine Menagerie von hübschen Mädchen vor, und sie plärrten auch ihre Antworten so mechanisch, wie Papagaien, ab. Ich erkundigte mich bei mehreren, ob sie nicht zuweilen vom Heimweh geplagt würden; aber nur die Grönländerin, welche zugleich die reizloseste war, sprach sehnsüchtig vom Vaterlande. Wahrscheinlich hatte sie dort Fischthran, oder wohl gar *Sperma ceti*[6] gekostet, welches, wie ich schon oft gehört habe, einen außerordentlichen Patriotismus einflößen soll. Man hat dies immer an den schwindsüchtigen Grönländerinnen bemerkt, die nach Petersburg kommen, um in dem dortigen milden Klima ihre angegriffenen Lungen wieder herzustellen.

In der Mädchenanstalt traf ich wieder mit Julie zusammen, die eine kleine, ziemlich unbändige, Verwandte dorthin brachte.

Schwester Kiebitz, ein freundliches, rundes, noch junges Persönchen, dem die Gutmüthigkeit aus den Augen leuchtete, führte uns dort herum. Der hübsche Ausdruck ihres Gesichts, verbunden mit einem gänzlichen Mangel an irdischer *tournure*, machten ihre Erscheinung wohlthätig possierlich. Bei jedem Worte knixte sie nach hiesiger Art, wobei sie aber, um ganz sicher zu seyn, daß der Knix auch decent abliefe, immer vorher sorgfältig ein Bein über das andere setzte. Die sie begleitende junge Lehrerin war desto flinker und so herzlich, daß man alle Augenblick glaubte, sie sey im Begriff, Einem in die Arme zu fliegen. Beide waren gewiß die Güte und Unschuld selbst und dabei geschwätzig, wie kleine Elstern. Auch hier paradirten wieder verschiedene erotische Subjecte, aber diese so heterogenen Kinder schienen doch alle gleich seelenvergnügt — das beste Aushängeschild einer Erziehungsanstalt. Unsere wilde, weltliche Hummel war im Anfang ganz scheu; es dauerte aber nicht lange, so hatte sie schon Freundschaften mit Individuen aller Climaten gestiftet, und als wir sie Abends wieder besuchten, war sie von neuem z u H a u s e. Glückliches Alter jener seligen Täuschung, welche die eigentliche Wahrheit ist.

Meine Freundin wartete noch auf Jemand, und wir gingen unterdessen in der Straße auf und ab. Mir sind immer die Scenen auf dem Theater unnatürlich vorgekommen, wo Geheimnisse, Liebesverständnisse u.s.w. auf der Gasse abgehandelt werden, hier aber sah ich die Möglichkeit vollkommen ein. Wir spazierten in der ungestörtesten Einsamkeit mitten in der Stadt und kam ja einmal ein Sterblicher daher, so wandelte er so leise, wie ein Schatten, an den Häusern hin, ohne die mindeste Notiz von uns zu nehmen.

Der belebteste Platz im ganzen Oertchen ist der Kirchhof, welcher den Herrnhutern als unentbehrlicher Belustigungsort dient. Nachdem mich meine Begleiterin verlassen, begab ich mich auch dahin. Ein elegantes, hellgrün angestrichenes Thor und eine lebende Dornenhecke schließen ihn ein. Auf dem Thore steht mit goldenen großen Buchstaben eine unbestreitbare Wahrheit:

Ruhe mit Zuversicht.

Innerhalb findet man Linden-Alleen und weiße Ruhebänke; die Grabsteine liegen ganz einfach reihenweis, alle von ein und derselben länglich viereckigen Form, so daß sie fast wie regelmäßig an beiden Seiten hingelegte Folio-

Bände aussehen, auf denen das Titelblatt den Namen, Geburts- und Sterbetag des Verfassers der darunter liegenden Lebens-, Liebes- oder Leidensgeschichte anzeigt. Eine interessante Bibliothek gewiß für den, dessen Auge durch den Stein dringen und das verschlossene Buch entziffern könnte!

Einige Schwestern saßen, ruhig wie Statuen, auf den Bänken, und in Gedanken versunken wandelte ich selbst langsam auf und ab. Jetzt öffnete sich das Thor wieder und ein langer Mann trat herein. Als wir ein paarmal neben einander hingeschritten waren, redete ich ihn an, um meinen Beifall über den hübschen Kirchhof auszusprechen. „Verzeihen Sie," erwiederte er mit sächsischem Dialekt, „ich bin gar kein Herrnhüter; ich bin aus Dresen." Diese Naivität setzte mich wieder in gute Laune, denn der liebe Mann hatte offenbar geglaubt, ich habe den Kirchhof nur gelobt, um ihm damit ein schuldiges Compliment zu machen, und es daher als Fremder bescheiden abgelehnt, ganz wie der bekannte ehrliche Oesterreicher, der bei einer Predigt, wo Alles in Thränen zerfloß, allein nicht weinte, und als der größte Enthusiast unter den Zuhörern ihn unwillig fragte: „Und Sie, mein Herr, Sie bleiben ungerührt?" ganz erschrocken antwortete: „Werden Euer Gnaden halter nur nicht böse, ich bin aus dem andern Kirchsprengel."

Der Dresdner Kaufmannsdiener wurde aber zu guter letzt doch noch poetisch, und verglich die Leichensteine, weit passender als ich vorher, mit einem Sortiment weißer und grauer Tuchballen in verschiedenen Nüancen. *„Mon mari fait dans les draps"* antwortete die Pariser Fabrikanten-Frau dem Kaiser Napoleon, der sich auf dem Ball des *Hotel de ville* nach dem Stande ihres Mannes erkundigte; — wahrscheinlich arbeitete mein Begleiter auch in diesem Geschäft. Als er anfing über die schlechten Zeiten zu klagen, verließ ich ihn, denn seine komische Seite schien mir nun „abgetragen." Beim Hinausgehen bemerkte ich noch eine zweite Inschrift innerhalb des Thores. Der Worte erinnere ich mich nicht mehr ganz genau, aber der Sinn war folgender:

Jetzt erst seyd ihr in der wahren Heimath.

Diese Inschrift gefiel mir nicht. Ich kann alle religiösen Ansichten nicht leiden, die uns einbilden wollen, wir wären hier bloß da für eine andre Welt. In eine andre Welt und Existenz werden wir gewiß kommen, und gut für uns ohne Zweifel, wenn wir jede Station möglichst nutzen; aber hier ins Leben getreten, ist unsre Heimath jetzt auch hier und nirgends anders. Die Natur ertappt man nie auf einer Lüge, sie spricht sich überall wahr und deutlich aus, und nur der Verschrobene versteht sie nicht mehr. Schlimm für das Kind, wenn es nur daran denkt, als Jüngling zu leben; es wird dann als Jüngling Mann, als Mann Greis seyn, und die Blume aller Lebensalter verloren haben. Man sey nur recht im vollen und besten Sinne des Wortes Mensch dieser Erde, körperlich und geistig, und wird dann ganz gewiß sich für jeden andern Zustand, der folgen kann, dadurch am besten qualificiren, wenn man auch wirklich hier nie daran gedacht hätte. Mir scheint selbst Christus dies letztere, bis auf den Inhalt einiger Parabeln, ziemlich unterlassen, wenigstens nicht viel Werth darauf gelegt zu haben, und so ist Christus auch recht für alle Zeiten der Lehrer des Menschengeschlechts auf Erden geworden, wo das Himmelreich eben am nöthigsten thut, weil wir die Hölle hier leider auch in unsrer Gewalt haben.

Ein ganzes ausreichendes Leben ist immer und überall vollständig da, wo wir uns dessen bewußt werden, und wir sollten endlich das alberne Bild der irdischen Schule und des Schulmeisters über den Wolken droben, der nur auf die Ankunft der armen Seele daselbst paßt, um ihr Kuchen, oder die Ruthe zu geben, zu dem übrigen Plunder kindischer Zeiten werfen.

Alle Frische schwindet aus der Welt bei solchem krankhaften Schmachten und Fürchten, und es ist sehr die Frage: ob nicht selbst die grobsinnliche Beimischung in der katholischen Religion in der Zeit ihrer Blüthe, mehr Gutes in dieser Hinsicht, als Böses gewirkt hat. Aber schlimm und drückend ist immer die Zeit, wo man weder mehr kindlich abergläubisch, noch wahrhaft gescheidt seyn kann. Ich dringe übrigens Niemand meine Meinung auf; jeder muß in solchen Dingen und in solchen Zeiten sich selbst am besten zu helfen wissen.

So perorirte ich, als Julie, mit der ich am Mittagstische saß, und der ich längst meine Reisefata erzählt, drohend den Finger erhob und sagte: „Carl, Carl! Du spielst manchmal den Freigeist; nimm Dich in Acht, daß Dir heute Nacht nicht wieder die Frau Rasiussin erscheint, und Deinen schwachen Sinnen den Glauben, auch an das scheinbar Unvernünftigste, dennoch in die Hände giebt. Denk an die Seherin von Prevorst, die klügern Leuten, als Du bist, den Kopf verdreht hat.“ — Es ist wahr, erwiederte ich ein wenig betroffen, und zugleich bedenklich an meinen Hals fühlend, wo ich eben wieder einen heftigen Stich zu empfinden glaubte — es ist wahr, wir sind alle schwache Menschen, jeder Täuschung unterworfen, und keiner unsrer Momente gleicht dem andern, aber doch nur nach den klarsten derselben dürfen wir uns richten. — „Ja wohl,“ sagte die gute Julie; „aber glaube mir, Du hast Dich über meine Schwäche, den armen Hund betreffend, so lustig gemacht, und hast doch selbst zehnmal mehr Schwächen; ja, wer nicht, wie ich, Dich bis ins Innerste kennte, der würde glauben müssen, Du seyst zehnmal des Tages ein Andrer und nicht jede Edition eben eine gute.“ „Amen!“ rief ich; die ewige Liebe habe Erbarmen mit uns Allen, und Gott Lob!

daß sie das auch schon von vornherein gehabt hat: denn ohne sie wäre kein Leben, kein Lieben und keine aller der Seligkeiten, deren wir hier schon so vielfach theilhaftig werden. — Es ist billig, daß ein Besuch im Herrnhutischen fromm schließe, ich übergehe daher alles Weltliche, was sonst noch vorfiel, nur eines seltsamen Umstandes muß ich noch erwähnen. Er ist buchstäblich wahr, der Leser suche den Commentar dazu, wie er mag.

Kaum wieder auf meinem Landsitze angekommen, verfiel ich in ein hitziges Fieber, mit einem geschwollenen Halse verbunden, der mich zu ersticken drohte. Ich war größtentheils ohne Besinnung, doch schweben mir noch jetzt dunkel schreckliche Visionen aus jener Zeit vor, und besonders genau erinnere ich mich, daß mir wiederholt die grausige Alte aus Bocksberg, jetzt aber mit hohnlachender und feindseliger Miene erschien, und wieder den kalten Schlüssel auf die krankhafte Stelle legte, was jedesmal mit einem heftigen Erstickungskrampf begleitet war, bis endlich die Natur, der Arzt, oder bessere Geister, als meine Quälerin, eine schwierige und langsame Heilung glücklich bewirkten — denn, daß ich, obgleich verstorben, eben an jener Krankheit gestorben sey, will ich nicht behaupten, obwohl, wenn es mir so beliebte, ein rechtgläubiger Leser auch daran nicht zweifeln dürfte.

III.
Aus den
Zetteltöpfen eines Unruhigen.

Wahrheit ist ein Hund, der ins
Loch muß, und hinausgepeitscht
wird, während Madame
Schooßhündin am Feuer stehen
und stinken darf.

Shakespeare.

Thätet Ihr nicht besser, lieben Freunde, mich mit
ernstern, wichtigern Dingen zu beschäftigen? Warum muß
die Kraft, die an etwas Großem hätte mitarbeiten können,
sich in Kinderspielen und Narrensposen erschöpfen? —
Glaubt mir, es giebt Dinge, zu denen ich zu gebrauchen bin,
ja, vielleicht solche, zu denen Meinesgleichen allein zu
gebrauchen sind.

Doch Ihr habt Recht — denn was im Leben ist wohl
eigentlich wichtig, was ist Kinderspiel zu nennen? In welche
dieser beiden Kathegorieen gehören z.B. wohl solche Haupt-
und Staats-Actionen, wie sie eben vorgingen, als da sind —
das sanfte, friedliche Morden vor Antwerpen, nebst den
Friedensgefangenen der Franzosen, und dem Incognito-
Kriege der Engländer; das Heldenthum des Königs von
Holland und die Freiheit der Belgier; oder die, gleich den
olympischen Spielen, fast zu bestimmten Epochen
wiederkehrenden französischen Revolutionen, oder ihre
Duellherausforderungen zu 4000 Mann, oder die
Frankfurter Enormitäten — alles im grellen Gegensatz zu
der stabilen Politik anderer Mächte, welche nur deßhalb ihre
Völker durch ungeheure Armeeen langsam erdrücken, um
— den ewigen Frieden zu sichern! Treiben vielleicht manche
Minister, manche Volksbeglücker, ja ganze Nationen auch
nur Possen, als Narren, oder mit Narren? —

Beim Jupiter! Ich weiß auf Alles dies nicht zu antworten;
aber oft bedünkt es mich, es sey heut zu Tage am
wichtigsten, ganz still, im kleinsten Wirkungskreise so viel

Nützliches zu schaffen, als man kann, und in bescheidener Genügsamkeit ruhig seinen Kohl zu pflanzen, mit dem Motto des schottischen Ritters: Ich wart' auf meine Zeit. Ja, man könnte dies bei Honoratioren sogar eine Auszeichnung nennen, fast eben so groß, als die: keinen Orden zu haben.

Das politische Treiben, welches auf Napoleon gefolgt ist, kömmt mir überdieß höchstens vor, wie das Ballet nach der Tragödie. Bis jetzt ist es sogar nur Uebung der Figuranten geblieben, die Solotänzer werden noch erwartet; nur einige Sprünge im Orient erscheinen bereits bedeutend. Im ganzen Schauspielhause ist aber überall viel unbequemes Gedränge, noch mehr Cabale und Unruhe im Parterre, und eine verzweifelte Hitze in den Logen. Wer nicht ein besonders Theaterlustiger ist, bleibt in der That besser zu Hause.

Alte Prophezeihung, aufgefunden zu Freiberg im Erzgebirge.

Wer im Jahr 1834 nicht verdirbt,
Wer im Jahr 1835[7] nicht stirbt,
Wer im Jahr 1836 nicht wird todtgeschlagen,
Der hat im Jahr 1837 von Glück zu sagen.

(Kurz und bündig!)

In England sah ich einen Knaben, den bekannten Thelluson, von dem es heißt, daß er einst der Erbe von zehn oder gar zwanzig Millionen Pfund Sterling seyn werde. Glücklicher Sterblicher! — Denn so viel Geld zu besitzen, ist ein ungeheures Glück.[8] Nichts lächerlicher, beschränkter, als wenn irgend ein spießbürgerlicher Philister sagt: Ich würde in die größte Verlegenheit gerathen, was ich mit so vielem Gelde anfangen sollte. O ihr phantasielosen Menschen! Hätte mir es der Himmel doch beschieden, wie schnell wäre ich mit dem Plane der Anwendung und mit dem Capitale selbst fertig; denn nur mit solchem Vermögen, das in den Schranken des Gewöhnlichen bleibt, geziemt sich Sparsamkeit, mit einem so außerordentlichen muß man sich dem allgemeinen Besten opfern.

Ich würde zwar keinen Luxus damit treiben, das wäre alltäglich, selbst Almosen würde ich ganz so, wie ich es jetzt zu thun gewohnt bin, nur den wirklich Hülflosen umsonst geben, den Andern allein für Arbeit — beiläufig gesagt: die einzige wahrhaft wohlthuende Barmherzigkeit. Schulen — dafür mag der Staat sorgen; es gehen ohnedem schon zu

Viele in die Schule, und erhalten dort mehr Nahrung als sie in der Regel zu verdauen im Stande sind. Kirchen zu bauen, ist zwar jetzt wieder sehr beliebt, aber wir haben deren auch schon genug, und die stete Vermehrung dieser Tempel in unsrem Lande scheint mir überhaupt zum wahren Nutzen der Religion gerade so viel beizutragen, als das vierte Thor, welches die Schildaer erbauten, um ihre Zolleinnahme zu erhöhen.

Aus demselben Grunde will ich keine Heiden bekehren.... aber, fragt Ihr endlich ungeduldig: was willst Du denn thun? — O Kleinigkeiten, angenehme *whyms*, nur von etwas colossaler Dimension.

Also zuerst würde ich aus der höchsten der *Aiguilles* des *Montblanc* Napoleons Statue ausarbeiten lassen. Ihr seht, dabei würden schon verschiedene Millionen schwinden, und die Welt hätte fortwährend ein kleines Angedenken an den Riesengeist, das vielleicht so lange stünde, als sie selbst, oder gar ewig; denn mein Freund Nürnberger hat mich kürzlich erst belehrt, es sey nunmehr e r w i e s e n, daß das Weltall in seiner jetzigen Form ewig verbleiben werde und kein Princip der Umwälzung darin möglich sey. — Was die Menschen nicht Alles zu beweisen verstehen! Wahrlich, der liebe Gott wird einstens noch selbst bei ihnen in die Schule gehen müssen, um zu erfahren, wer er eigentlich sey, und wie er die Welt erschaffen habe.

Während man nun an meinem Napoleon arbeitet, und ihm einen Kopf macht, in welchem sich ein größerer Raum für Gehirn befindet, als, nach physiologischen Gesetzen, das aller Potentaten der Erde zusammengenommen in natura ausfüllen könnte, würde ich ferner zwei Expeditionen ausrüsten: die eine, um Afrika nach allen Richtungen der Windrose zu durchforschen, die Quellen des Nils, das Gold der Mondgebirge, das fabelhafte Einhorn, wohl gar den Vogel Rock aufzufinden, (es ist vielleicht möglich, daß ich dieser Expedition dennoch eine Compagnie Missionaire und fünfmalhunderttausend Bibeln mitgebe,) die zweite, um Japan zu erobern — wäre es auch nur aus Aerger über diese geschmacklosen Barbaren, welche bloß von den Holländern Besuch annehmen wollen, oder auch aus Neugierde, zu wissen, was sie denn eigentlich für eine Kunst und Weisheit vor den Blicken aller Welt so hermetisch verschließen mögen, daß selbst gescheiterte Schiffsmannschaften an ihren unwirthbaren Küsten sich nicht vom Ertrinken retten dürfen, immer vorausgesetzt, wenn es keine Holländer sind.

Welch ein Mäcen der Geographen, welch ein Besonderer der Wissenschaft im Allgemeinen, wäre ich nun schon geworden, nach glücklicher Vollbringung dieser gemeinnützigen Werke! Aber das Geld — ich fürchte, von dem würden jetzt kaum noch einige elende Millionen mehr übrig seyn. *N'importe*, der Rest wird dazu angewandt, ein Loch von einer deutschen Meile Tiefe in unsern Nationalsand zu graben, wie es schon Maupertuis Friedrich dem Großen anrieth, und was bis jetzt bekanntlich noch nirgends hat gelingen wollen. Mit dem letzten Thaler ließ ich mich aber selbst hineinwerfen; gewiß, eine grandiose Gruft! Dann läge ich jedenfalls tief genug, um es nicht zu hören, wenn man etwa über mir sagte:.... Nein! ich will dem Leser in nichts vorgreifen, er fülle die Punkte selbst *ad libitum* aus, ich gebe ihm *carte blanche*.

Eine Frage.

Bei den Römern war es, wie Appian erzählt, erlaubt, die Triumphatoren zu loben, oder zu verspotten, wie es einem Jeden beliebte; denn frei und zwanglos sollte der Triumph seyn und Jeder aussprechen dürfen, was er darüber denke. Es war die Freiheit der Presse jener Zeiten. Warum sind nun unsre modernen Staatsmänner so kitzlich in diesem Puncte? Fehlt es ihnen an der antiken Gediegenheit jener Römer, oder ist seitdem der Spott gefährlicher geworden?[9]

Zweite Frage.

Warum haben die Deutschen eine solche Zuneigung zum Teufel? Ist es, weil sie wirklich einige Wahlverwandtschaft zu ihm in sich spüren, oder aus dem entgegengesetzten Grunde, weil man sich am meisten nach dem sehnt, was Einem ganz fehlt? — Wenn ich von mir auf Andere schließen darf, so kömmt es vielleicht auch ein wenig daher, daß der Teufel ohne Zweifel von allen Personen der neueren Mythologie die am meisten poetische ist, denn das Poetische ist weltlich, weßhalb auch Milton mehr Glück machte, als Klopstock.

Heute ging ich noch in der Dämmerung im Park spazieren und setzte mich dann beim Schein der Töpferfeuer im Thale, die der Sturm seltsam umherwirbelte, ermüdet auf das Grab des Unbekannten, in Betrachtung der Capelle versunken, wo mich meine eigne Ruhestätte erwartet. Es schwirrten mancherlei Nachtgedanken wie Fledermäuse in meinem Kopfe umher. Unter andern grübelte ich auch über die sonderbare Eigenthümlichkeit der Menschen nach, daß Große und Kleine so viel Werth auf ihr Begräbniß legen, und dennoch die Art desselben durch die verschiedenen Phasen der Menschenbildung so mannigfach schon umgewandelt worden ist.

Da ging der Mond roth und voll über den Zinnen des alten Thurmes auf, und es war, als leuchtete er mir zurück in lang vergangene Jahrhunderte.

Vor meiner Phantasie wichen die irdischen Schranken. Ich ward plötzlich ins graue Alterthum versetzt, blickte rückwärts im magnetischen Schlafe, und sah jetzt, als begäbe sich Alles vor meinen Augen, wie eben einem Barbaren-Häuptling, der hier geherrscht, die letzte Ehre erwiesen wurde.

Hunderte in Thierhäute gehüllte Krieger von colossalem Gliederbau bewegten sich bei grellen Feuern in wilder Verwirrung um einen hohen, frisch aufgeworfenen Hügel von regelmäßiger Form, an dessen Fuß eine schwarze Oeffnung bestimmt schien, den entseelten Körper aufzunehmen. Einige heulten und wehklagten, Andere tranken aus den Schädeln erlegter Feinde. Seitwärts unter einer uralten Eiche standen Priester von grausem Ansehn, emsig mit blutigen Ceremonieen beschäftigt. Ein lautes, bei gewissen Zeichen, die sie gaben, periodisch wiederkehrendes Schlachtgebrüll übertönte das Schmerzgeschrei der unglücklichen Opfer, die dem Häuptling zu Ehren am rohen Steinaltar geschlachtet wurden.

Mit Abscheu wandte ich den Blick — und allsogleich fiel dichte Nacht, wie ein Vorhang, vor mir herab, und Schlummer deckte meine Augenlieder.

Als ich wieder erwachte, hatte sich die Scene gänzlich geändert. Die wilde Gegend war freundlicher geworden, und mir gegenüber lag auf zierlich aufgeschichtetem Scheiterhaufen der entseelte Körper des römischen Abentheurers Mosca, den die Sage unsrer Chronik, als einst im Alterthum hierher verschlagen, anführt. Wohlgeruch köstlicher Specereien erfüllte die Luft, und anmuthig umher gruppirt standen in malerischen Gewändern die römischen Gefährten, nur hie und da mit einzelnen, schon halb civilisirten, Eingebornen gemischt. Auch hier waren Priester — wo wären sie nicht? Auch hier fielen Opfer, doch nur der Thiere Blut röthete die Erde zu den Füßen bereits vermenschlichter Götter.

Wieder erneuerte sich die Decoration. Wir standen jetzt inmitten jener feudalen, romantischen Zeit, welche die Dichter und Künstler lieben und die Freithümler hassen.

In voller strahlender Rüstung, das treue Schwerdt an seiner Seite, ruhte der kühne Gaugraf im Sarge. Sein Streitroß, schwarz behangen, der Trupp der Reisigen mit schwarzen Fähnlein, die schöne, weinende Burgfrau, von zwei blühenden Knaben begleitet, die wehmüthig zur Mutter auf, stolz zur Menge herabblickten, folgten zu Roß der Bahre. Der Heidenpriester im langen, weißen Gewande, hatte sich in ein braunes, wohlgenährtes Pfäfflein verwandelt, mit dem siegenden Kreuze hoch in der Hand, gemächlich auf einem frommen Esel reitend.

So zog, mit gedämpftem, kriegerischem Klange, der lange Zug an uns vorüber, der hohen Kirche zu, wo bald unter Posaunentönen die Gruft sich schloß über dem stolzen Ritter — für immer.

Hier wars, als spränge, wie ein Prolog zu dem Kommenden, ein Hanswurst über die Scene; denn die neuere Zeit begann. Ich kanns nicht läugnen — es war einer meiner eigenen Ahnen, den ich auf einem prächtigen Paradebett, auf seidnen Kissen vor mir liegen sah. Ein Ritter ist es noch, des heiligen Johannes von Jerusalem sogar; aber das rothe Röcklein, die kurzen weißen Hosen, von unmalerischen Stolpenstiefeln begleitet, erinnern schon mehr an moderne Schneider und Schuster, als an alte Ritter. Zwölf silberne Candelabres erleuchten den Leichnam Tag und Nacht bei verschlossenen Fensterläden, und seltsam genug ist der Ort gewählt, nach altem Brauch. Der Eßsaal nämlich ists, in dem die Leiche ruht.[10]

Schon grünlich gefärbt und übelriechend, tragen endlich um Mitternacht sechs adeliche Vasallen, *Rudera* verschwindender Verhältnisse, den todten Grafen, beim Scheine von hundert Fackeln, im samtbehangenen Sarge zur Familiengruft. Da findet er große Gesellschaft — ob sie sich aufrichten werden, die alten Bekannten, wenn kein irdisches Auge mehr wacht, und den neuen Gast bewillkommnen mit den Geheimnissen des Grabes?

Wer kann antworten, wer hat ergründet, wo das Leben denn eigentlich aufhört, wo der wahre Tod beginnt? Die Nachtseite der Natur ist uns verschlossen, die Tagesseite nicht minder ein Räthsel!

Woher das unbegreifliche Grauen vor den Todten, die kein Glied mehr rühren können, uns zu schaden — woher die nächtlichen Schauer, woher die eisige Furcht vor dem, was einst Leben hatte, und uns wieder erscheint ohne Fleisch und Bein? — Wenn man jung ist, will man alle Furcht besiegen. Ich ließ mir einst die Fallthür aufschließen, die mitten in der Kirche zu unsrer Ahnengruft hinabführt, schickte herzhaft den Küster fort und stieg um Mitternacht allein hinab.

Drei Särge hatte man schon vorher auf meinen Befehl geöffnet, und die Deckel lagen daneben. Es war eine unbeschreibliche Stimmung, in der ich mich befand. Nein, es war nicht Furcht, es war nicht Grausen noch Entsetzen, es war nicht Wehmuth — aber als sey alles dies in mir zu einem unerklärlichen Zustande zusammen gefroren, als sey ich selbst schon ein Todter — so war mir zu Muthe. Mein 86jähriger Großvater war der erste, den ich erblickte. Sein schlohweißes Haar hatte sich in der bleiernen Hülle wieder blond gefärbt. Sein Haupt lag nicht mehr in der alten Richtung auf dem Kissen, sondern hatte sich seitwärts mir zugewandt und seine weiß calcinirten Augen starrten mich an, wie zum Vorwurf, daß ich im jugendlichen Uebermuthe der Todten Ruhe gestört. Wieder auflebend, tröstete ich mich, würde der liebevolle Mann mir doch nicht zürnen. Er war zu milde, selbst zu freidenkend dazu. Ich ging vorüber.

Im andern Sarge streckte sich unter goldgestickten Lumpen ein langes Gerippe hin; es war einst ein mächtiger Mann gewesen: Feldobrist im dreißigjährigen Kriege und Landvogt im Markgrafthum Lusatia. Sein stattliches Bild hängt noch in meinem Ahnensaale, wie er eben, an der Spitze seiner Kürassiere unter Pappenheim auf fliehende Schweden einhaut. Ach! lange ist die *laterna magica* verlöscht, die jene hübschen Bilder erleuchtete — eine der übrig gebliebenen Glasscherben nur lag vor mir!

Der dritte Sarg enthielt eine Frau, bei ihrem Leben die schöne Ursula genannt. Der kleine Todtenkopf hatte eine dunkelbraune, häßliche Farbe angenommen; der ganze übrige Körper war mit einem langen, wunderbar erhaltenen Mantel von feuerfarbner Seide mit silbernen Fransen bedeckt. Ich wollte ihn aufheben, doch er kam mir selbst zuvor, denn bei der ersten Berührung zerfiel er fast in Staub, und eine Legion Kellerwürmer, Gott weiß wie hier hereingekommen, wimmelten unter meinen Händen auf den zusammengebrochenen Knochen.

Ich setzte mich hin und betrachtete die lange Reihe Särge und die aufgedeckten Todten lange in dumpfer Betäubung; dann fiel ich auf meine Knie und betete, bis das Eis in meiner Brust in schmerzlich süße Thränen zerschmolz. Was von Furcht, Grausen und allen unheimlichen Gefühlen in mir gewesen, es verschwand vor Gott, und stille sanfte Wehmuth blieb allein zurück. Ich küßte ohne Abscheu meines guten alten Großvaters kaltes Haupt, schnitt eine spärliche Locke von seinem ehrwürdigen Scheitel, und hätte er in diesem Augenblick sich empor gehoben und meine Hand gefaßt, ich hätte mich nicht davor entsetzt. — Wundervolle Macht des Gebets! — Wahrlich der Werth der Frömmigkeit besteht nicht darin, daß sie in der Noth durch unser Gebet ein drohendes Unglück abwenden könne, —

Millionen Fromme verderben, ohne daß Gott ihr Flehen erhört — sondern darin, daß es uns selbst kräftigt, jeder Noth zu widerstehen und sie zu ertragen, ja in der dadurch herbeigeführten innigern Gemeinschaft mit Gott etwas zu finden, was uns schon an sich selbst über alle irdische Noth siegend hinweg hebt. — Könnte eine so mächtige Wirkung Täuschung seyn? — Wohl wenigstens dann dem Getäuschten!

Doch laß mich fortfahren in der Reihe meiner Begräbnißbilder — die Vergangenheit habe ich ausgebeutet, nun noch einen Blick in die Zukunft! Ich begrabe mich selbst. — Wie aber richte ich dies zeitgemäß wohl am passendsten ein? Die heutige Zeit spiegelt die factische Kräftigkeit der vergangenen in idealer Romantik wieder ab; aber diese Poesie ist stark mit metaphysischen skeptischen Elementen versetzt. Vorrechte z.B. ist ein übel klingendes Wort geworden; von allgemeinen Menschenrechten soll es sich künftig nur handeln. Gleichheit lockt beinahe noch mehr als Freiheit, und schon ist im Wesentlichsten der Unterschied der Stände gefallen.

Also von meinen Vasallen, die bei dem bloßen Namen schon lächeln, lasse ich mich gewiß nicht zu Grabe tragen. Von der alten modrigen Gruft will ich ebenfalls nichts mehr wissen, seit ich sie schon im Leben gesehen; dem Zeitgeist gemäß bin ich auch schon zu gut polizeilich gesinnt worden, um unter der allsonntäglich vereinten Gemeinde verfaulen, und auch mein bescheiden Theil an der Ursache verschiedener Epidemieen auf mich nehmen zu wollen.

Nein — von den guten, rüstigen Wenden, denen ich mein ganzes Leben hindurch das ihrige leidlich erhalten, durch die Arbeit, welche ich ihnen gab, so viel sie deren nur verlangten, von diesen, denen es als ein zehnfacher Arbeitstag gerechnet werden mag, will ich mich hinaustragen lassen auf die Berge, und einsenken an der

Stelle, wo meine liebste Aussicht war. Dürfte ich dort in Feuer aufgehen, noch besser, aber ich glaube, die Kirche gestattet es nicht. Sie verbrennt nur Lebende; freilich auch diese schon lange nicht mehr, aber unsere Schuld ist dies, ihre gewiß nicht. Den Schein der Fackeln will ich auch nicht, sondern Sonne, aber Musik darf nicht fehlen; nur keine traurige, lieber moderne Kirchenmusik von Rossini aus Graf Ory z.B., oder, wie ich neulich, nach eben eingeführter neuer Agende, das Jäger-Chor aus dem Freischützen recht brav von der Schuljugend ausführen hörte. — Warum auch Trauer? Gott lebt ja noch, wenn wir auch todt sind, und also ist eigentlich kein Ende, sondern nur ein neuer Anfang — kein Tod, sondern nur eine Geburt zu celebriren.

Ich protestire feierlich, wenn ich ausgestellt werden muß, gegen alle Fratzenkleidung unsrer Zeit, es sey nun eine zusammengeschnürte Uniform, die selbst einen Todten noch incommodiren könnte, oder das Unding eines modernen Fracks nebst Weste und Hosen. Sollte sich gar einer unterstehen, mir einen Orden anzuhängen, so gebe ich ihm im Voraus meinen Fluch dafür, daß er einen Leichnam noch so zu verspotten wagt. Es giebt meines Erachtens nur eine zweckmäßige Art, Leichen zu bekleiden und diese ist: sie mit einem weißen Tuche zu bedecken — wie der Himmel auch sein eingeschlafnes Jahr mit weißer Decke überzieht. Die Liebe mag das geheimnißvolle Tuch noch einmal lüften, die Neugier suche sich etwas Andres aus. — Ja die Liebe! für die ist kein Tod! für die ist auch nichts entstellt, denn sie lebt immerfort im ewigen Reiche der Schönheit. — Wärst du mir beschieden, o beneidenswerthes Loos! daß ein liebendes Herz noch über mir schlüge, wenn das meinige zu schlagen aufgehört, daß eine Thräne der Wehmuth auf mein blasses Antlitz fiele und eine zitternde Hand den letzten frischen Rosenkranz auf mein Haupt drückte — ach! gewiß, ich würde sanfter, süßer davon schlafen! —

Und wieder sind nach meinem Tode hundert Jahre vergangen. Wie wird es nun wohl mit der Liebe stehen, wo die industrielle Zeit in aller ihrer Kraftentwickelung da ist, deren Morgenröthe schon während meines Lebens mit Dampf- und Geld-Regiment so hell hereinbrach — wo die rohe, die classische, die romantische, unsre confuse und wiederkäuende Zeit — alle vorbei sind, und die nützliche allein die Menschen regiert?

Noch einmal berührt mit magischem Stabe mich der Zauberer. Ich erblicke die Fluren wieder, deren Verschönerung ich den besten Theil meines Lebens gewidmet. Was seh' ich? Schiffbar ist der Fluß geworden, der meinen Park durchströmt; aber Holzhöfe, Bleichen, Tuchbahnen, häßliche, nützliche Dinge, nehmen die Stelle meiner blumigen Wiesen, meiner dunklen Haine ein! Das Schloß — darf ich meinen Augen trauen? — beim Himmel! es ist in eine Spinnanstalt umgeschaffen. „Wo wohnt der Herr?" ruf' ich ungeduldig aus. — „In jenem kleinen Hause, das ein Obst- und Gemüsegarten umgiebt", tönt meines Unsichtbaren Antwort. — „Und gehört meinem Urenkel denn das Alles nicht mehr, was ich einst mein nannte?" — „O nein, das hat sich mit der Zeit wohl unter hundert verschiedene Besitzer vertheilt. Wie könnte Einer so viel haben und Freiheit und Gleichheit bestehen!"

Ich schreite auf das Häuschen zu, dessen Mauern sich meinem magnetisirten Auge alsobald öffnen, und sehe, wie der Tod schon wieder geschäftig gewesen. Verlassen in dem Winkel einer Kammer liegt der Herr des Hauses, still in seinem Bett. — „Der Vater ist todt!" höre ich eben den Sohn zu einem Andern sagen; „es ist kein Zweifel mehr, fahrt ihn hinaus."

Ach lieber Leser, welch ein Begräbniß! Du fragst, wohin

es mit der Leiche ging? — Nun natürlich, wo sie am nützlichsten ist: — aufs Feld als Dünger.

Nutzanwendung.

Ja, nicht allein irdische Wirklichkeit, auch ein Reich der Einbildung ist uns nöthig, nicht allein ewiger Fortschrit, sondern auch weise Beschränkung, nicht allein Religion, sondern auch ihre heiligen Gebräuche. Obgleich es, tief in unsrem Innern offenbart, für Jeden schon individuell etwas Höheres giebt, als die äußere Welt gewähren kann, so wird doch nur, wie Jemand schön sagt, „die Kirche, die einst Alle in einem Glauben zusammenfaßt, den allgemeinen Versammlungsplatz auf des Lebensberges Mitte gewähren, zu dem die am Fuße Wohnenden zutrauungsvoll hinauf, und die auf der Spitze Thronenden demuthsvoll hinabwandeln können, zu jeder Zeit, wenn sie Trostes bedürfen aus dem himmlischen Reich.“

Diese Kirche, die wahre und ächte, ihr Mangel ist es, der uns am meisten verwirrt, sie fehlt uns, sie allein sollten wir suchen, um aller Noth, allem Widerspruch ein Ende zu machen.

Ihr aber, meine Freunde, gebt nicht viel darauf, suchet und strebt nur nach Freiheit und Gleichheit, und denkt: Das wird genügen. Ach, suchet lieber Freiheit und Liebe! diese werden Euch weiter führen. Das wilde Streben nach Gleichheit, das nimmer hienieden Befriedigung erreichen kann, weil es Gott nicht gewollt hat — es ist der zweite Apfelbiß, der uns aus dem Rest des Paradieses werfen wird. Manches Gute möget Ihr zwar anfänglich auf dem ersten Wege erreichen. Bald wird es keine Sklaven und keine Zwingherrn mehr geben, keine absoluten Monarchen und kein ihrer Laune unterworfenes Volk, keine übermüthigen

Kriegsfürsten und keine zur Schlachtbank geführten Heere, keine von Prunk umgebene Aristokraten und keine mit dem Fuße zurückgestoßnen Bettler, keine grausame Hierarchie und keine verfolgten Ketzer. Also weniger herbes Leid gewiß, aber — vielleicht auch unendlich weniger Genuß! denn wie viele herrliche Lichter werden zugleich mit jenen Schatten entfliehen! Alle Tugenden der Liebe, als: freiwillige Entsagung, Demuth, Opfer, kindlicher Gehorsam, uneigennützige Treue bis in den Tod, Edelmuth, zartes Ehrgefühl — ich fürchte: sie werden alle auf dem harten Boden der Freiheit und Gleichheit allmählich verdorren, um dem strengen Recht allein, dem starren Egoismus Platz zu machen. Es wird dann nicht mehr Liebende und Freunde geben, sondern nur Compagnons, nach Umständen contractlich vereinigt zum Geschäft, oder zur Fortpflanzung des Geschlechts. An die Stelle der elterlichen Autorität wird die staatspolizeiliche treten. Statt der Könige wird man Präsidenten haben, statt der Ritter Bürgersoldaten, statt der Diener Miethlinge, statt unsres Herrn und Gottes endlich — einen constitutionellen Weltregierer in abstracto. Poesie und Kunst, Pracht und Luxus werden gleichmäßig dahinschwinden in der allgemeinen nüchternen Zweckmäßigkeit. Jeder wird das unumgänglich Nöthige haben und keiner mehr den Ueberfluß. Der Ehrgeiz wird allerdings Niemand mehr plagen, da nichts mehr zu beneiden seyn wird, denn kein glänzendes Ziel steht mehr zu erstreben, kein Tempel des Ruhms, keine Höhe zu erklimmen, da, wo die hausbackne Nothdurft allein erreicht werden soll. Mit Einem Wort: keine brennenden Farben werden mehr das Leben umspielen, ein todtes Grau in Grau allein seyd Ihr bestimmt, liebe Nachkommen „in den sausenden Webstuhl der Zeit zu wirken." Es bekomme Euch wohl! Gern versinke ich vorher mit meiner lieben alten bunten Welt, wie der Katholik lieber unter dem Helldunkel der schimmernden Juwelenfenster seines geschmückten

Domes ruhen will, als in der lichten und scheuerartigen Kirche einer reformirten Gemeinde. —

Es ist dies nur eine Phantasie, lieben Freunde, eine Ansicht, wie jede andre. Ob es die wahre ist? — Ach Gott! was ist wahr? — Alles und Nichts, jedes aber einmal und zu seiner Zeit. Denn Alles erhält seinen Werth ja nur von der Meinung. Heute wird gesteinigt, wer gestern gekrönt wurde. So bedeutete der Lorbeerkranz in Rom den Sieg, in Griechenland demüthiges Bitten, wie ich gestern im Morgenblatte gelesen.

———

Ich will aber jetzt zu etwas Praktischerem übergehen:

Rath an Gutsbesitzer.

In unserm Anti-Midas'schen Zeitalter, das alles Gold in Papier verwandelt, bleibt keine lohnendere Speculation mehr übrig, als — wiederum aus Papier Gold zu machen. Dies kann geschehen, entweder durch Schreiben, ein weites Feld, oder durch Anlegung von Papiermühlen.

Beides empfehle ich aus eigner Erfahrung, besonders aber meinen lieben Collegen und Landsleuten, den Gutsbesitzern, das Letztere. Denn ich und Viele derselben wissen wohl, daß seit der glücklichen Epoche des schwer erkämpften allgemeinen Weltfriedens, und der dadurch erlangten respectiven Freiheit, dieser hohen Wohlthat der heiligen Allianz, dennoch sonderbarerweise die Welt immer ärmer werden will, vor allen aber die (freilich für den Staat am wenigsten wichtigen) Grundbesitzer ihre Einnahmen fortwährend in demselben Verhältniß schmelzen sehen, wie auf der andern Seite ihre Abgaben sich vermehren und gleich Unkraut lustig emporwuchern. Nur ein Zweig gutsherrlichen Besitzthums machte davon immer die rühmlichste Ausnahme und entschädigte reichlich — eben jene nie genug zu preisenden Papiermühlen, wahre Retter in der Noth, die uns auch beweisen, welchen eminenten Platz alte und neue Lumpen jederzeit bei uns einzunehmen berufen sind.

Billig aber ist es zugleich, die hohe hierbei obwaltende Weisheit der Regierungen anzuerkennen, denn Weisheit kann gewiß niemals darin bestehen, Veraltetes völlig umzustoßen, um ein junges Neues zu schaffen, sondern nur darin: das Vorhandene klug zum langsamen

85

Vorwärtsschreiten auf demselben Wege zu benutzen; gewissermaßen altbacknes Brod (das man nicht wegwerfen darf) so lange wieder aufzubacken, bis es einen ganz andern Geschmack erhält, und doch immer noch dasselbe bleibt. So lehren es wenigstens unsre geschicktesten Staatsmänner. Es muß also gegründet seyn. — Was aber ist, wenn wir die Sache aufs genauste beleuchten wollen, unter dem jetzt bei uns Vorhandenen wohl die Hauptsache? — Ohne allen Zweifel Papier und Schreiber. — Was ist damit ferner zu erlangen? Nichts dringender, als noch mehr Papier und noch mehr Schreiber. Das Uebrige wird sich dann schon von selbst finden. — Ich glaube, dieses Raisonnement ist eben so einfach als logisch. Wenn also unsre Behörden Rieße auf Rieße häufen, Ströme von Tinte, aber keinen Blutstropfen mehr vergießen; wenn sie wenig handeln, dagegen aber zwanzigmal mehr schreiben, als vonnöthen scheint, so werden sie dadurch nur die Wohlthäter derer, welche dem Zeitgeiste zu folgen verstehen, und unter denen die Papiermüller eine der ersten Stellen einnehmen. Der tiefe Denker ahnet aber noch einen größeren, ja einen mystischen Zweck. Dürfte ich nur eine Ecke des Vorhanges lüften, ich würde sagen: Bedenket, zu welchen unzähligen Dingen Papier zu gebrauchen ist, bedenket, daß aus Dünger die Saat hervorgehet. Doch genug! *Sapienti sat!*

Laßt uns wieder deutlicher sprechen. Schriebe man auf Pergament, so könnten Unzufriedene noch mit einigem Scheine des Rechts sich beklagen, weil dann in gewisser Hinsicht den Eseln die Hauptrolle zufiele. Auch ist mit dieser harten, ungefügen Haut etwas Rohes und Festes verschwistert, was uns nicht mehr ziemt; eben der tägliche Wechsel, der ungeheure Verbrauch, die Schwäche und Unbeständigkeit des andern Materials, stehen in so herrlichem Einklang mit der Verfeinerung unserer Sitten, mit dem Idealischen unserer Pläne. Jedem Unpartheiischen muß unser Zustand beneidenswerth erscheinen. Wir sind zwar arm, aber wir haben theure Regierungen, und ist nicht das Theuerste immer das Beste, nur das Schlechte wohlfeil? — Wir haben Regierungen, die unaufhörlich, unermüdlich, Tag und Nacht regieren, und ist diese Thätigkeit nicht ein wahrer Segen, im höchsten Grade lobenswerth? Ihr Personal übersteigt, mit musterhafter Vorsicht, die Nothdurft doppelt und dreifach. Wir werden also nie Mangel leiden am Regiertwerden, ein großes Glück für alle Nationen, da keine des Gängelbandes entbehren kann.

So erfreulich ist schon die Gegenwart, aber zu wie viel herrlicheren Hoffnungen berechtigt uns, bei dieser Richtung der Cultur, nicht noch die Zukunft! Ich betrachte einen unsrer S c h l a g bäume. So stumm er ist, spricht er doch Folianten, und seine Farbe — welche Andeutung! Ueberall „schwarz auf weiß." — Ja eine große, eine philosophische Zeit beginnt ihre Knospen zu entfalten. Statt Krieg: Diplomatie; — statt Kanonenschüssen: Dintenklexe; — statt der Jury: Dampfschreiber; — statt einer Constitution: Papier ohne Ende, die erhabenste Erfindung unsres Jahrhunderts. Es fehlt nur noch Eins. Gelingt es einem unsrer Minister noch, aus Acten und Maculatur: Kuchen zu backen, so ist das Ideal erreicht. Die Einbildungskraft schwindelt fast vor den Resultaten, die dem Vaterlande hieraus entsprießen könnten. Das Huhn im Topfe wäre überflügelt. Dann wäre mehr noch als die gewünschte Gleichheit da — schon sehe ich im Geiste einen ewigen Sonntag uns umleuchten, die ganze Nation geadelt, oder geheimerathet, ja selbst das Vaterunser einer Veredlung fähig, indem wir, statt wie jetzt um Brod zu bitten, und dennoch Hunger zu leiden, künftig, mit Zuversicht der Erfüllung, beten könnten: Herr! gieb uns unseren Kuchen täglich. Bis dahin aber, Patrioten, begnügt Euch mit dem Schwarzbrode, was Ihr noch habt, oder auch nicht habt. Im letztern Falle schreibt, oder werdet

Papiermacher! *Probatum est.*

───────

Apollonius von *Tyana* sagte bereits zu den Smyrnäern die merkwürdigen Worte: „Zur guten Verwaltung bedarf eine Stadt der uneinigen Eintracht." Dies war eine constitutionelle Ahnung, denn — was kann er damit anders gemeint haben, als dasselbe, was wir jetzt so sehr zu realisiren wünschen, nämlich: der demokratischen, wie der aristokratischen Gewalt im Staate gleichen Spielraum zum Streite zu geben, und die Dissonanz zu lösen, durch die ausübende Gewalt des Königs.

Ja selbst unsre Erde scheint diesem Principe zu folgen — auch in ihr findet Ihr eine ewig unruhige geistige Demokratie: das Menschengeschlecht — und eine mächtige unumstößliche Aristokratie: die Elemente. Darüber aber einen ganz ideal constitutionell, d.h. nach unwandelbaren Gesetzen, ohne Haß, noch Partheilichkeit regierenden Gott.

Nur, wo Luxusgesetze bestehen, scheint es dennoch, daß man an Constitutionen nicht denken darf. Denn sie sind ohne Widerspruch jetzt der theuerste Modeartikel am Markt, und man kann deßhalb wohl mit Recht noch viele desastreuse Banqueroute bei den Liebhabern befürchten, ehe ein Land dadurch reich werden wird — man müßte denn eine solche Constitution erfinden, wo alle Hauptposten, der Thron versteht sich *à la tête*, in jährlichen Licitationsterminen an den Mindestfordernden ausgethan würden.

Die ernste Wahrheit möchte seyn, daß es nicht die Verfassung ist, welche Glück und Freiheit giebt, sondern die Fähigkeit dazu, mit andern Worten: die Gesinnung. Nur der sittliche Zustand der Individuen bedingt und schafft am

Ende das Gesetz — die Staatsverfassung. Wo daher die letzte einer gewissen Form wirklich bedarf, gestaltet sich diese Form auch von selbst, es sey nun durch Concession von oben und weise Reform bei Zeiten, oder durch allgemein ausgesprochene, zwingende Meinung, oder durch eine Revolution — aber im Volke muß das Neue jedenfalls schon organisch erwachsen seyn, sonst bleibt es nicht leben. Siehe Spanien, Portugal, und ich fürchte Frankreich und Belgien dazu.

———————

Ist es nicht ein wunderbares Jahrhundert, wo im Orient der türkische Sultan die Moscoviter mit Rosinen und Mandeln füttert, während im Occident, wie voriges Jahr die Zeitungen meldeten, ein Bürgerkönig in Paris mit einem abgesetzten Kaiser aus der neuen Welt, zusammen in Procession durch die Straßen ritten, um den Grundstein zu einem Monumente zu legen, das zu Ehren dreier Revolutionen errichtet wird!

Apropos von Revolutionen: Als die sächsische Diminutivumwälzung und das darauf folgende Kämmerchen-Vermiethen begann, beruhigte der ehrliche Prediger Dinter seine ebenfalls schwierig werdenden Bauern, von der Kanzel herab, mit folgenden Worten: „Lieben Kinder, gebt Euch keine unnütze Mühe. Es mag nun Einer oder Sechshundert in Dresden regieren, Ihr werdet immer gehorchen, zahlen und arbeiten müssen." — Was etonnant ist — die Bauern waren so klug, dies vollständig zu capiren.

Es ist übrigens eine wahre Freude zu sehen, wie milde, ja ich möchte sagen: häuslich, sich seitdem die neue Ordnung der Dinge in dem glücklichen Sachsen gestaltet hat. Wie gemüthlich war z.B. die letzte Discussion über die langen und kurzen Taillen der Dienstmädchen, und wie ritterlich nahm sich Herr C. ihrer an. Aber mit noch mehr Rührung las ich neulich, daß eine der Kammern (ich weiß in der That nicht mehr ob Nro. 1 oder 2), eine Deputation ernannt habe, um den Antrag des Pfarrer Gehe über Fangen und Halten der Singvögel zu prüfen. Brav unschuldige Kammer, so ist es recht, laß die losen Vögel pfeifen, und werde nicht irre in deiner Gravität, auch wenn die neuste Gemüthsstimmung deines Gründers über dich selbst kommen sollte, was nicht unmöglich ist — denn nur aus dem Wunsche alles frei zu machen, hat er ja zuletzt die Dachziegel selbst für vogelfrei erklärt.[11]

———————

Die *Gazette de France* vom Monat Februar 1833 sagt: „Die Deputirtenkammer hat gestern die Unverletzlichkeit des Königs anerkannt und dieses Factum ist für sie ehrenvoll; wenn sie aber jene Unverletzlichkeit des Königs als ein heiliges Princip betrachtet, wie läßt es sich dann erklären, daß die Mitglieder dieser Kammer es billigen, daß dieses Princip in drei Königen, die sich gegenwärtig in Prag befinden, verletzt worden."

Dies ist wichtig, — denn nun weiß man doch, wenn etwa eine neue Johanna Southcott wieder mit dem Heiland schwanger gehen sollte, wo man auch gleich der heiligen drei Könige dazu habhaft werden könnte.

———————

In einer Recension des durch Menzel so lehrreich und interessant gewordenen Literaturblattes zum Morgenblatt lese ich im Sinne beliebter Ansichten folgende Stelle:

„Die Lobrede, welche der Verfasser dem Dismembrations- und Parcellirungssystem in Preußen hält, verdient volle Beherzigung.

Unter allen möglichen Verhältnissen kann derselbe Boden mehr freie Menschen ernähren, welche diesen Boden zu ihrem eigenen Vortheil bebauen, und eben so ist Frieden und Ordnung das Trachten der kleinen Besitzer (?), während das Trachten des Sclaven, sobald er einmal aus seiner Dumpfheit erwacht, nur Rache und Anarchie ist."

Diesem Ausspruche muß ich einige Betrachtungen entgegenstellen; insbesondere rücksichtlich der Anwendung des Parcellirungssystems in Preußen, da man, im Allgemeinen, nur durch die von Zeit zu Zeit erscheinenden pomphaften Ankündigungen der Generalkommissionen unterrichtet, davon eine sehr ungenaue Vorstellung hat.

Es ist ein durch Zahlen festgestelltes und erwiesenes Factum, daß der Ackerbau in England, wo der große Grundbesitz am ausgedehntesten ist, im Vergleich mit Frankreich, wo das Parcellirungssystem längst in Ausführung gekommen, in jeder Hinsicht verhältnißmäßig blühender und ergiebiger in seinen Resultaten, selbst denen der Bevölkerung, sich ausweist. Demohngeachtet ist der kleine englische Pächter, der so erfolgreich seines Herrn Eigenthum bebaut, fast ganz von ihm abhängig, und wenigstens mit eben dem Rechte, nach des Recensenten Anwendung des Wortes, ein Sclave zu nennen, als unser Bauer, denn beide arbeiten allerdings großentheils für einen Herrn, ja der englische noch viel mehr. Wenn dieser aber auch wie ein Sclave arbeiten muß, so ist er deßhalb doch keiner, weil er seine Pacht durch eignes Gebot festsetzen, sie nach abgelaufenem Termin behalten, oder aufgeben kann, und seine freie Willkür dabei durch nichts, als die selbst eingegangenen Verbindlichkeiten und die Vorschriften des Gesetzes verhindert wird.

Unsere Bauern standen aber in einem noch weit günstigeren Verhältniß als der größte Theil der kleinen englischen Pächter. Sie waren Erbpächtern zu vergleichen, die eine sehr mäßige Rente für den ihnen überlassenen Hof durch mehrere Spann- oder Handtage in der Woche nebst einer kleinen Getraideabgabe bezahlten. Dieser *modus* der Abgabe war eine reine Vergünstigung für den Pächter oder Bauer, wie man jetzt seit der Ablösung bäuerlicher Dienste, nur zu deutlich in allen ärmeren Gegenden gewahr wird. Denn sehr gern nahm in den meisten Fällen der Gutsbesitzer Geld statt der Dienste, und sogar zur Hälfte des gebräuchlichen Lohnwerthes, konnte sie aber dennoch selten so realisiren, weil der Bauer sich diese Arbeit, *in natura*, (die er überdieß nie selbst that, sondern durch Kind oder Knecht verrichten ließ) doch noch niedriger anschlug.

Was aber mußte der Gutsbesitzer für diese Dienste noch alles gewähren! Er gab mehrentheils freies Holz, Streu, Waldweide, mußte die Gebäude im Stand erhalten, sie wieder aufbauen, wenn sie abbrannten, und das Inventarium gleichfalls anschaffen, wenn der Bauer es durch Unglück oder Zufall einbüßte, und aus eignen Mitteln nicht bestreiten konnte.

Sind solche Leute Sclaven zu nennen, weil sie zu sogenannten Hofediensten verbunden waren? — Wahrlich nicht mehr als jeder Beamte, der am Schreibtische, auch mit Händearbeit, seinen Gehalt verdient; nicht mehr, als der Handwerker, der Lohnmann und Alle, die arbeiten, um zu leben.[12] Ich begreife nicht, wie Recensent mit solchen Ansichten einen Bedienten halten mag, ohne fortwährend Gewissensbisse darüber zu empfinden, einem Menschen Sclavendienste aufzuerlegen. Ich aber halte nur den für einen Sclaven, der blindlings und ohne seine Einwilligung thun muß, was einer andern Persönlichkeit gefällt. Dies war jedoch keinesweges unserer Bauern Fall, am wenigsten, wie schon gesagt, seit Aufhebung der sogenannten Erbunterthänigkeit, für die, obgleich immer ein gesetzlich beseßnes und einträgliches Recht, kein Gutsbesitzer vom Staate entschädigt worden ist, und mit deren Wegfall jede Spur von sclavischem Verhältniß gänzlich verschwand. Schon früher aber bearbeiteten die Bauern des Herren Gut nur unter feststehenden Bedingungen, die von diesem nicht überschritten werden durften, und auf frühere Uebereinkunft, Leistung und Gegenleistung gegründet waren.

Das Preußische Regulirungs- und Ablösungsgesetz hat nun diesen Zustand aufgehoben, und unter ziemlich willkürlichen Annahmen den Machtspruch gethan: daß jeder Bauer die Hoferäthe, auf die seine Vorfahren in alten Zeiten vom Gutsherrn gesetzt worden waren, nebst Inventarium und zwei Drittheilen oder nach Umständen der Hälfte der dazu gehörenden Grundstücke fortan als Eigenthum zu besitzen, das Uebrige aber (das Drittheil Land nämlich) dem Herrn als Entschädigung!! zurückzugeben habe, entweder *in natura* oder in einer verhältnißmäßigen Rente. Außerdem behält der Bauer noch freies Leseholz, Kiehnstöcke, Streu und Waldhüthung. So ist es wenigstens in den Lausitzen, von denen ich als Selbstbetheiligter am besten urtheilen kann, größtentheils in Ausführung gekommen, da der dritte *modus* — die Supernormal-Entschädigung — wo jede einzelne Leistung gegenseitig berechnet wird, — wegen der endlosen Schwierigkeiten, die man bei der Anwendung hineinzulegen pflegt, fast niemals den Partheien wünschenswerth erscheint.

Wie schonungslos diese Maßregel in die bestehenden Eigenthumsrechte eingreift, liegt am Tage. In England, in Amerika, wo man nicht einmal die Sclaverei, aus Besorgniß, den Eigenthumsrechten, den wichtigsten im Staate, zu nahe zu treten, gewaltsam, wenigstens nicht ohne Entschädigung der Eigenthümer, abzuschaffen wagt, wäre ein solches Verfahren ganz unmöglich gewesen,[13] und nehmen wir den Fall an, daß hier, wie in England, hundertjährige

93

Verpachtungen der Güter üblich wären, so könnte in hundert Jahren die Regierung mit eben dem Rechte, wie sie jetzt die Bauern zu freien Eigenthümern gemacht hat, auch dann wieder eine Erblichkeit des Besitzes für diese Pächter behaupten, und abermals den Herren durch die Rückgabe der Hälfte oder eines Drittheiles seines Gutes entschädigen! — Doch war bei alle dem der Zweck ohne Zweifel human und gut, die Sache an sich auch für beide Theile in vieler Hinsicht nützlich, ja, was immer eine Hauptsache ist, der Richtung des Zeitgeistes angemessen, ein Umstand, der oft selbst ungerechte Mittel entschuldigen muß; wäre sie also nur auf möglichst gütlichem, vor allem einem weniger kostspieligen Wege, und ohne ängstliche Pedanterie, hauptsächlich aber mit gehöriger Rücksicht auf ganz verschiedene Localität und Umstände in den verschiedenen Provinzen ausgeführt worden, oder — da man einmal gewaltsam verfuhr, und den Knoten zerhauen wollte — hätte sie wenigstens schnell auf einmal und mit Energie, durchgreifend statt gefunden — so brauchte man sich eben nicht zu sehr zu beklagen.

Statt dessen aber präparirte man sich bedächtig darauf, die Bevölkerung am kleinen Feuer zu rösten und ihr (sehr politisch) auf ein halbes Jahrhundert das Beispiel eines willkührlichen Eingriffs in das Eigenthum von Seiten des Gouvernements recht *ad oculus* zu demonstriren. Eine Menge neuer Behörden wurde, unter dem Namen: General-Commissionen, für die Ablösung und Auseinandersetzung der bäuerlichen Verhältnisse creirt, und ein Heer von Oekonomie-Commissarien (großentheils aus banquerott gewordenen Gutsbesitzern, Pächtern, oder verabschiedeten Privat-Beamten rekrutirt) nebst Feldmessern, Boniteurs etc. auf jene ohnehin armen Landestheile los gelassen und deren Bewohner dadurch in unabsehbare Kosten und Sorgen verwickelt.

Man hat dergleichen Commissarien genug gesehen, die sich jährlich über 2000 Rthlr. verdienten, und da die Reglements zum Theil mangelhaft und unbestimmt sind, so wußten viele im Lauf eines Jahres ganz bequem 900 Arbeitstage zu liquidiren. Jetzt soll, wie man sagt, diesen Mißbräuchen mehr vorgebeugt worden seyn, wogegen wieder vergönnt ist durch Extrapostgelder u.s.w. sich bedeutende Summen zu verschaffen, wie es denn überhaupt hier meistens auf die persönlichen Gesinnungen des Commissarius ankömmt, und auch ganz besonders darauf, wie er bei seiner Generalkommission angeschrieben steht, und was er daher durchführen zu können glaubt. Eben so schnell werden denn auch viele Conducteurs zu kleinen Capitalisten, und gar reichliche Brosamen fallen noch für Boniteurs, Schreiber und dergleichen vom Tische des Herr'n. Man hat Güter reguliren gesehen, wo die Kosten der Regulirung, noch ehe dieselbe beendigt war, schon den ganzen Werth der Entschädigung überstiegen hatten, so daß der Gutsbesitzer nicht nur die Dienste und Leistungen der bäuerlichen Wirthe umsonst verlor, sondern auch noch Geld dazu geben mußte; Fälle die leicht zu beweisen sind, und nach der Aussage glaubwürdiger Leute würde eine gerichtliche Untersuchung, welche Kosten viele Regulirungen z.B. im Cottbuser, Calauer und Sorauer Kreise verursacht haben, ebenfalls beweisen, daß diese Kosten nebst den daraus nöthig gewordnen Bauten jetzt schon ein Drittheil des Werthes der ganzen Güter übersteigen, obgleich noch wenig Recesse völlig realisirt sind. Und dennoch kann man auch damit verhältnißmäßig noch sehr zufrieden seyn.

Ich werde ein stärkeres Beispiel anführen, mit dem ich auf das genaueste bekannt bin.

In der Standesherrschaft Muskau, in der Oberlausitz, nebst der Herrschaft Branitz, welche beide demselben Herrn gehören, und welche 45 Dörfer in sich schließen, dauert die Regulirung jetzt über 10 Jahre.[14]

Es ist erst ein einziger Regulirungs-Receß definitiv abgeschlossen, indessen bei 10 Dörfern, bei denen sich 6 Vorwerke befinden, im Wesentlichsten die Regulierung und auch die Separation (überall durch Vergleich) vollendet.[15] Alle diese Vergleiche sind nur durch die höchste Bereitwilligkeit und vielfach gebrachte Opfer des *Dominii* möglich geworden, und die meisten erst in letzter Zeit zu Stande gekommen, weil der Besitzer das Glück hatte, einen berühmten Rechtsgelehrten zum Beistande, und einen Commissarius zu erhalten, der seinen Ruf bewahrte: durch Geschick und redlichen Willen das Beste beider Partheien nach Kräften zu befördern.[16] Sonst wäre auch dies jetzt Beendete alles noch im vollständigsten Chaos und die Theilnehmer in Prozesse über Prozesse verwickelt, deren einmal (als M. und B. noch das Unglück hatten unter der S....schen Generalkommission zu stehen, wovon Seine Majestät der König von Preußen den Besitzer auf sein unterthänigstes Ansuchen gnädigst befreiten) über 200 zu gleicher Zeit anhängig waren, und ein ganzes Heer andrer, die nachher vorläufig zurückgestellt wurden, schon in Reserve lag. Dennoch hat die ganze Summe der nach und nach aus der Regulirung allein hervorgegangenen und durchgeführten Prozesse gewiß das Doppelte der angegebenen Zahl überstiegen. Bis jetzt kostet nun, nach beglaubigten Rentkammerrechnungen, die dasige Regulirung, viele unvermeidliche Nebenspesen noch ungerechnet, dem Dominio in runder Summe bereits 20,000 Rthlr. und den Bauern also, da beide Partheien zu gleichen Theilen zahlen, und beide auch ohngefähr dasselbe für Assistenten ausgeben müssen, gleichfalls 20,000 Rthlr.

Dem Dominio allein zur Last fällt aber nun noch für nothgedrungene Bauten und Vermehrung des Inventarii, theils nach gefertigtem Anschlag, theils schon ausgeführt und ganz allein aus der Regulirung hervorgehend, ohne sie aber völlig unnöthig, eine Summe von 49,000 Rthlr.!

Es ist vorauszusehen, daß bei dem günstigsten Erfolge und einem weit schnelleren Geschäftsgang, es dennoch, (da noch 35 Dörfer zu reguliren sind,) wenigstens 20 Jahre dauern muß, ehe das ganze heilbringende Geschäft beendigt seyn kann. Auch wäre, wie die Sachen nun einmal eingeührt sind, und bei der nicht mehr zu umgehenden Anwendung von Gesetzen, die für unsere Gegend durchaus nicht passen, eine schnellere Betreibung der Sache nicht einmal wünschenswerth, noch würde sie weniger kostspielig seyn, sondern durch die Uebereilung nur noch ruinöser für beide Theile werden, indem diese ohne die übelsten Folgen jetzt nur nach und nach in einen solchen Zustand der Dinge übergehen können, als er verlangt wird. In 20 Jahren also wird die dann vollendete Regulirung, nach der Analogie des Vorhergehenden, der Grundherrschaft und der Bauern, die für einen solchen Gegenstand fast fabelhafte Summe von 400,500 Rthlr. gekostet haben, wovon die Herrschaft 300,500 Rthlr. allein treffen.[17]

Wäre aber der abzusehende, endliche Erfolg nur noch wenigstens glücklich zu nennen! Doch auch dies ist bloß in solchen Gegenden der Fall, wo der Boden vortrefflich und der Umfang der Güter klein ist. In unsern sandigen und ausgedehnten Waldgegenden, wo die größeren Herrschaften die Dienste der Bauern, und vor allen ihre Lohn-Fuhren zur Bewirthschaftung des Waldes, Klafterabfuhr, Holztransporte aller Art u.s.w. nicht entbehren können, und der Bauer wiederum, wegen des geringen Ertrags seiner Aecker die Unterstützung und den Verdienst von der Gutsherrschaft nicht missen kann, stellt sich das Resultat der Regulirung höchst hemmend und nachtheilig. In allen Dörfern, wo die

Regulirung statt findet, schaffen sämmtliche Bauern, die Hälfte oder ein Drittheil ihres Landes verlierend, auch sogleich ihre Pferde ab, mit denen sie früher ihre Hofedienste abthaten, (deren sie in der Standesherrschaft Muskau nur zwei Tage, in seltenen Fällen drei die Woche zu leisten hatten,) und die übrigen Tage dem Herrn für Lohn fuhren. — Sie schaffen die Pferde ab, weil sie sie nicht mehr auf eignem Grund und Boden ernähren können. Sie werden nun sogenannte kleine Leute, keine Art von weiter greifender Industrie kömmt ihnen mehr nahe, sie bearbeiten und düngen ihr Bischen Feld nothdürftig selbst mit Frau und Kind nebst ein paar Kühen, und sind für ewig zufrieden, wenn sie nicht Hunger leiden, was sie aber auch sehr oft unter den neuen Umständen nicht einmal erreichen, und eben so wenig die Staatsabgaben erschwingen können, mit denen sie bereits in ungeheurem Rest stehen.[18]

Die Herrschaft muß nun für ihre Transporte selbst große Pferdeparks anschaffen, und die Fourage zum Theil im Auslande kaufen, da unsre Provinz wenig Hafer trägt, die Bauern aber ihren halbwilden Pferdeschlag mit wenig Korn, Stroh und Gras ernährten, was man ihnen nicht nachmachen kann. Der Verlust, den die Herrschaft dadurch jährlich erleidet, ist höchst beträchtlich, wie es bei allen solchen gezwungenen Etablissements in der Regel der Fall ist. Der Circulation, wie dem Verdienst im Lande aber geht eine noch größere Summe jährlich dadurch verloren, welche sonst in der Bauern Tasche floß. Doch wie soll es erst im Kriege werden, wenn man Vorspann, Getreidelieferungen etc. gebraucht? Was soll man dann von diesen kleinen Leuten und den gänzlich entkräfteten Gutsbesitzern noch nehmen, wenn eine Zeit der Noth eintritt, da schon jetzt kaum das Nothdürftigste erzielt wird, und die Königlichen Steuern auf den Dörfern in jenen Gegenden nur durch fortwährende Execution höchst mangelhaft eingetrieben werden können? Man sieht in der That nicht ein, wie dies einmal enden soll!

Um nur einige Orte namhaft zu machen, so fanden sich im Dorfe Gablenz vor zwei Jahren noch 80 Pferde, die man fortwährend beschäftigt sah, jetzt sind, seit ausgeführter Separation, deren noch vier, und in dem kleineren Dorfe Berg, wo man zu derselben Zeit 24 fand, ist kein einziges mehr geblieben. Solche Thatsachen möchten aber eher einen schnellen Fall, als ein langsames Steigen bezeugen, und zugleich einen kleinen Beitrag zu der Wahrheit liefern, daß es keine gefährlichere administrative Maßregeln geben kann, als alles über einen Leisten schlagen zu wollen. Eine Einheit muß freilich da seyn, aber nur die des Geistes, die Details werden billig und zweckmäßig der Localität angepaßt. Aus demselben Grunde wurden, in einer höhern Sphäre, jene so einförmigen, nach der Spanne gezogenen und angezogenen, überexercirten Soldaten bei Jena wie eine Heerde Schafe vom Wolfe gesprengt, weil der Geist fehlte, und besiegten anderseits die bunten, aus hundert heterogenen Theilen an einander gereihten Landwehren den größten Feldherrn des Jahrhunderts, weil der Geist eben in ihnen war.

Brächte die Regulirung nicht diese Abschaffung der Bauerpferde mit sich, und träte das Gesetz nicht hindernd ein, so würde sich überall in den erwähnten Provinzen, schon ein paar Jahre nach ihrer Vollendung das alte Verhältniß, nur unter anderm Namen, von neuem wieder einstellen, wie es für die Handdienste schon sehr häufig geschieht, denn es war das alte System wirklich eben ein solches, das, ohne auf Theorieen Rücksicht zu nehmen, aus der Localität entsprungen, sich durch gegenseitiges Interesse festgestellt und erhalten hatte, und dies zum Vortheil beider Partheien. Es ist nämlich in unsern öden Sandgegenden fast wie in Aegypten. Kleine Landeigenthümer können daselbst nicht wohl auf die Länge bestehen, und das glücklichste Verhältniß für die dortige Bevölkerung ist das: wenn der Grund und Boden nur einem großen Besitzer gehört, und von kleinen, übrigens ganz freien Pächtern oder Bauern, mit billiger Abgabe *in natura* oder Dienst an den Herrn, für sich selbst bearbeitet wird, dieser aber für deren gutes Durchkommen mit seinen größeren Mitteln sorgen kann, was er aus dem sichersten Grunde von der Welt, dem s e i n e s   e i g n e n   I n t e r e s s e s, auch thun muß, und bisher immer gethan hat. Aber was nicht in das Procrustes-Bett unsrer Staatskünstler paßt, muß ohne Erbarmen abgeschnitten werden, es sey nun zum Heil oder Unheil.

Die Sache gestaltet sich jetzt in ihren Folgen so: Wo der Grundherr, b e i   w e i t l ä u f t i g e n   B e s i t z u n g e n, Land als Entschädigung nimmt, verliert e r meistentheils so gut wie Alles, denn entweder muß er für einige hundert Morgen Sandfelder, die vielleicht 2 bis 3 Meilen von seinem Wohnort entfernt im Walde liegen, ein kostspieliges neues Vorwerk erbauen, das ihm nicht einmal die Interessen der Baukosten trägt, oder er muß das Land, als zu entlegene, und deßhalb fast nutzlose, Schafweide verbrauchen, oder endlich bei den weiten, öden Flächen, die er ohnedem schon besitzt, es gleich diesen mit Kiefern besäen, wo er vor 80 Jahren keinen Ertrag gewärtigen kann. Nimmt er aber anstatt Land Rente, so geht d e r   B a u e r zu Grunde, weil dieser mit seinem schlechten Lande seinen eignen Kräften allein überlassen, bei den hohen directen und indirecten Landesabgaben, und dem Mangel aller Aushülfe und Unterstützung des Gutsherren, wie des Verdienstes, den er früher durch Lohnfuhren gewann, nach dem geringsten Unfall, und oft selbst ohne diesen nicht bestehen, und die Rente, welche er dem Herrn zahlen soll, in Geld nicht mehr erschwingen kann, während ihm das Aequivalent früher durch Hand- und Pferdearbeit so leicht zu geben war. In ein paar Jahren steht es dann gewöhnlich dem Herrn frei, die Bauernahrung subhastiren zu lassen und nun von neuem einen andern oder denselben Mann, ganz unter den alten Bedingungen, wie sie für Häusler statt fanden, nämlich für Handarbeit, gegen freie Wohnung, Holz und Feld, wiewohl nur auf 12 Jahre (denn länger erlaubt es das Gesetz mit einer im Praktischen zu großer Härte werdenden humanen Theorie nicht,) wieder auf die Nahrung hinzusetzen. Fuhrdienste jedoch bleiben für immer verloren, weil eben nur Tagelöhner-Etablissements, nicht Bauerwirthschaften, auf diese Art wieder auf 12 Jahre herzustellen, vom Gesetz gestattet werden.

Für ein solches trauriges Resultat werden also die als Beispiel angeführten Herrschaften, welche einen Flächeninhalt von 10 Quadratmeilen einnehmen, 40 Jahre lang in ihrem freien Betriebe und Verkehr gelähmt, und für ein solches Resultat zahlen sie in dieser Zeit über 400,000 Rthlr., wovon dem Dominio allein 300,000 zur Last fallen!!! Da nun der Werth besagter Herrschaften hauptsächlich in Wald und Fabriken besteht, die mit der Ablösung nichts zu thun haben, dagegen die Revenüen, welche aus den Diensten und Vorwerken der zu regulirenden 45 Dörfer gezogen werden, kaum 20,000 Rthlr. jährlich erreichen, so kommen die Regulirungskosten dem Besitzer wenigstens auf 75 Procent des höchsten Werthes der Güter zu stehen.

Gutsherr und Bauer verarmen natürlich während eines so gewaltsamen Zustandes immer mehr und sehen, in fruchtloser Verzweiflung, einer übel angewandten und noch weit übler ausgeführten Theorie, zum einzigen Vortheil einer Masse Beamten, die das Gouvernement ohne Noth creirt, und die es, wenn endlich einmal das Geschäft zu Ende kömmt, mit großer Noth wieder los werden wird, partiell eine Generation fast hingeopfert! Es klingt dies hart, aber es ist wahr; und wo wir mit Recht so viel Gutes wie in unserm

101

Vaterlande zu loben haben, wo in einem rein monarchischen, ja militärischen Staate im Allgemeinen mehr Elemente persönlicher Freiheit vorhanden sind, als in allen constitutionellen Monarchieen zusammengenommen, wo endlich einer der edelsten Könige herrscht, der vor der Wahrheit nie sein Ohr unwillig verschließt und nur das Wohl seiner Völker will, da mag es uns auch gestattet seyn, das Mangelhafte nicht zu verschweigen. Denn gewiß bildet die Ablösung der bäuerlichen Verhältnisse, wie sie statt findet, die schwerste, peinlichste, ja oft unleidlichste Abgabe in der Preußischen Monarchie, und die um so pernicieuser wirkt, da sie nur von dem wahren Marks des Staates, dem Grundbesitze zehrt.

Der Mann, von welchem die Preußische Gesetzgebung über die Ablösung bäuerlicher Verhältnisse sich hauptsächlich herschreibt, ein stets exaltirter Enthusiast, starb in der Zwangsjacke im Tollhause, war aber leider schon lange bevor es zu diesem Extreme mit ihm kam, halb verrückt, obgleich er in dieser Zeit nichts desto weniger fortfuhr, noch immer ein Mann von großem Einflusse zu bleiben. Die weitschweifige Pedanterie, die sich nachher des Projectes bemächtigte, that dann noch das Ihrige hinzu, um eine an sich gute Sache durch schlechte Form und Ausführung des größten Theils ihrer wohlthätigen Folgen zu berauben.

Daß es übrigens den genannten Herrschaften nicht allein, sondern hundert andern Gütern eben so geht, habe ich schon erwähnt und springt wohl auch in die Augen, obgleich bei kleinern Verhältnissen das Ergebniß nicht so ausfallend sich herausstellt.

Ob nun unter solchen Umständen der Beifall, den der angezogene Recensent dem Parcellirungssystem, wie es in Preußen statt findet, allgemein angedeihen läßt, (denn ich wiederhole es: in reichen Gegenden und bei Gütern von geringem Umfange können die Resultate sich oft sehr günstig gestalten, obgleich Kosten und Zeit auch dort immer durch die jetzige Verfahrungsart verschwendet werden;) gerechtfertigt erscheinen dürfte, überlasse ich der Beurtheilung des Lesers.

Meiner Ansicht nach sind nicht nur ein großer Theil unsrer Bauern, sondern auch ihre frühern Herren, durch diese Art der Ablösung jetzt der Sclaverei weit näher gerückt, als es die Bauern auf ihrer Seite je vorher waren — denn der Verarmte ist leider überall Sclave, auch inmitten der liberalsten Civilisation, und selbst die leidenschaftlichsten Enthusiasten für die unbeschränkte Freiheit und neuen Eigenthumsrechte der Bauern, deren Gesinnungen ich übrigens hoch ehre und sogar theile, wo die Ausführung nur möglich und zweckmäßig ist, können über ein solches Resultat eben nicht sehr erfreut seyn.

Aehnlich verhält es sich mit den unglücklichen Bewohnern jener andern Länder, die in Folge zu weit getriebener (wenn auch wahrscheinlich nicht eben so theurer) Parcellirung der Ländereien an wirklicher Uebervölkerung leiden, und gewiß befinden diese kleinen Besitzer, welche dort zu Tausenden auswandern müssen, sich ebenfalls in einem weit sclavischern Zustande, als die von mir erwähnten englischen Pächter, oder früher unsre Bauern in ihren alten Verhältnissen.

Man wird mir entgegnen, daß demohngeachtet auch aus dem von mir gepriesenen England vielfältig ausgewandert werde, aber die Lust dazu liegt dort mehr im abentheuerlichen Sinne, der Unruhe und dem Speculationsgeiste jener Nation (der steten Folge so hochgeschraubter Cultur), als in wahrer Noth; denn die meisten englischen Auswanderer nehmen dazu ein größeres Capital mit sich, als, mit sehr wenigen Ausnahmen, bei uns ein Landbauer zu seinem besten Auskommen zu Hause braucht.

Findet man demohngeachtet noch vieles Elend in England, so ist es nicht dem großen Landbesitz Einzelner, sondern vielen andern bekannten Umständen, besonders aber der ungeheuren Last seiner Priesterschaft beizumessen, die an das Land sich mit eisernen Klauen angeklammert hält, und besonders durch den unheilschwangern Zehnten es wie ein Pack Blutegel aussaugt, und zugleich daran Schuld ist, daß eine große Menge gutes Land gar nicht cultivirt wird, und als öde Communweide liegen bleibt.

Daß das Parcellirungssystem ruhigere Staatsbürger schaffe, zeigt die Erfahrung eben so wenig; denn mit großer Bewegung ist doch England weit weniger unruhig und schwankend als Frankreich, das ja eine vollständige Musterkarte darbietet von immer wieder verlassenen Bestrebungen und fortwährenden Umwälzungen, seit seiner ersten Revolution bis auf den heutigen Tag. In England giebt es Reformen, in Frankreich Revolutionen, und was ist an diesen letztern Schuld, als grade der Mangel einer auf großen Grundbesitz basirten, erhaltenden Aristokratie, und die zu ausgedehnte, in Monarchieen wenigstens, gewiß unverständige Parcellirung des Eigenthums, mit dem nothwendig daraus folgenden Ringen nach einer unmöglichen Gleichheit.

Der große zusammenhängende Grundbesitz, die mächtige Aristokratie, hätte den Franzosen allein diejenige Stabilität geben können, deren Mangel sie jetzt vielleicht dem Untergange zuführt, und ihre weisesten Männer haben dies sehr wohl erkannt.[19] Warum sollten wir also uns so sehr beeilen, dasselbe Beispiel nachzuahmen? Es wäre doch wohl der Mühe werth, sich vorher noch einmal zu besinnen. Theorieen sind ein fürchterliches Ding und haben schon manche gute Säule in unsrem Hause eingerissen. Die

Neuerer möchten aber ihren Pracht-Neubau lieber mit dem Dache anfangen als mit dem Grunde, worin sie ganz dem türkischen Sultan gleichen, aber keinesweges dem klügeren Mehemed Aly, der, wie jeder vernünftige Reformator, es sey schnell oder langsam, doch immer nur höchst behutsam und reiflich überlegend das Alte entfernt, vor allem aber stets nur den Grad der Cultur überhaupt bezweckt, der wirklich erreichbar, dem Zustande des Landes und der Zeit angemessen ist. Minutolis und Prokesch Reisen in Aegypten sind hierüber sehr belehrend, und der für so barbarisch von Vielen geachtete Pascha möchte, beim Lichte betrachtet, sich aufs Regieren weit besser verstehen, als gar viele unsrer freisinnigsten und allzeit fertigen Gesetzgeber.

In einem andern Blatte macht sich ein zweiter deutscher Schriftsteller der Nützlichkeitsschule sehr lustig über des Franzosen *Villeneuve* „Privat-Hypothese" — wie er sie nennt: daß die Ruinen antiker Denkmäler eine der schönsten Zierden seyen, deren sich ein Land rühmen könne. „Uns" fährt er dann fort, „dünkt im Gegentheile, neue Gebäude, Canäle, Landstraßen, seyen rühmlicher, als Ruinen, Verfallene Aquaducte und Schlösser und neue Auszeichnung besser als alter Adel."

Diese Bemerkung scheint mir in vieler Hinsicht charakteristisch. Wir sehen in den Franzosen das Wiedererwachen poetischer, romantischer Gefühle, gleichsam als Trost gegen die unerfreuliche, ihn umgebende Gegenwart, im Deutschen aber die Vollendung hausbackener Tagesprosa, die nicht einmal dulden will, daß man Ruinen schön finde! Ja wohl, du ehrlicher Philister! von Ruinen, von Denkmälern vergangener Jahrhunderte wird Niemand satt, und ein Bäckerladen ist einem hungrigen Magen ohne Zweifel zuträglicher. Es giebt aber Menschen, die auch etwas Nahrung für Gemüth und Phantasie gebrauchen, und solchen wird es auch allein begreiflich werden: warum selbst alter A d e l wirklich dem neuen noch vorzuziehen sey, obgleich ich zugebe, daß, wie einer und der andere bei uns beschaffen ist, beide leider nicht viel taugen.

Ein patriotischer Gedanke.

Der Zustand eines Staates, den man Uebervölkerung nennt, tritt nicht bloß da ein, wo wörtlich das Land nicht mehr zureicht, um die Menschen zu ernähren, sondern schon da, wo eine weit fortgeschrittene Civilisation dem moralischen Drange nach Thätigkeit und Verbesserung eine so allgemeine Verbreitung gegeben hat, daß Viele das Bedürfniß zu Hause nicht mehr bestreiten zu können glauben. So leidet Großbrittannien schon im hohen Grade an Uebervölkerung, obgleich vielleicht ein Drittheil des Landes noch ohne Cultur daliegt, oder nur zum Vergnügen dienend, doch keinen Ertrag gewährt. Zu einem solchen Zustande sind Colonieen als Ableitung der unruhigen Geister einem Staate fast nothwendig, und mehr oder weniger entfernte, fortwährende Kriege gegen minder cultivirte Völker nützlich.

Ein Staat, der sich diese Abflüsse bei Uebervölkerung nicht verschaffen kann oder will, wird durch unausbleibliche innere Unruhen zuletzt das Opfer davon seyn.

Es könnte scheinen, man wolle hier wieder den nichtswürdigen Grundsätzen vergangener Jahrhunderte das Wort reden, die als Norm aufstellten: daß die politische Moral eine ganz andere, als die des Einzelnen seyn müsse. Dem ist aber nicht so. Dieselben Grundsätze des Rechts und der Gerechtigkeit gelten gewiß für den einzelnen Menschen, wie für die ganze Menschheit, aber auch die Moral kann, eben so gut von Seiten der Großmuth als des Egoismus, übertrieben werden, und hier kommen wir allerdings auf einen gewissen Unterschied. Nämlich der Einzelne kann mehr als recht, er kann edel handeln, indem er sich Andern aufopfert. Ein Staat aber darf dies nie, weil er, als Vertreter einer Masse, dann statt edel nur unbefugt und ungerecht handeln würde.

Nun wird es wohl Niemand bestreiten wollen, daß jeder einzelne Mensch das unbedingte Recht der Selbsterhaltung habe. Wenn z.B. Jemand im Ersaufen begriffen ist, so hat er das Recht, jeden neben ihm Schwimmenden zu ergreifen, auf die Gefahr, diesen mit ersaufen zu machen, um sich dadurch wo möglich selbst zu retten. Eben so hat der, welcher sonst verhungern müßte, das natürliche Recht, ein Brod zu nehmen, wo er es erlangen kann, und man hat sogar den Dachdecker nicht getadelt, der, als sein Vordermann, vom Schwindel befangen, schwankt, in der sichern Voraussicht, daß der Fallende ihn und die Nachfolgenden mit herabreissen müsse, selbst den nicht mehr zu Rettenden ergreift und seitwärts in den Abgrund schleudert.

Ich halte es daher auch dem Staate erlaubt, und für sein Recht, wenn er in seinem Innern den Keim eines durch gewöhnliche Mittel nicht anwendbaren Verderbens emporschießen sieht, einen Abfluß desselben dahin zu leiten, wo dieser überdem nach kurzem Uebergange nur belebend und nützlich wirken wird — denn jede Eroberung durch eine civilisirte Macht wird der Besiegten zum späteren Vortheil gereichen. So würde es eine Wohlthat für Asien seyn, durch Rußland erobert zu werden, und für Rußland dagegen ist es ein Glück, diese Ableitung innerer Gefahren immer zur Hand zu haben. Ohne den Türkenkrieg hätten die Unruhen in Rußland höchst wahrscheinlich einen sehr bedeutenden Charakter angenommen und die Theilnahme der polnischen Armee an diesem Türkenkriege, oder zur Befreiung Griechenlands verwendet, würde eben so wahrscheinlicherweise die Insurrection in Polen verhindert haben.

Aber auch Preußen naht sich schon dem Zustande der Uebervölkerung in diesem Sinne, so wie ihn Frankreich und Süddeutschland längst erreicht haben, und er ist vielleicht eine Haupturfache des unruhigen Treibens jener Länder, da Frankreich im Verhältniß seiner Größe viel zu wenig Abfluß nach außen, Süddeutschland aber außer seinen Auswanderungen aufs Gerathewohl, gar keinen besitzt. Man hat dort in Constitutionstheorieen und repräsentativen Verfassungen die Hülfe gesucht, ohne sie sonderlich zu finden; denn die Form allein, sey sie auch die beste, thut es noch nicht. Nur wo die Menschen selbst zum Gefühl ihrer Würde gekommen sind, dürfen sie auf wahre Freiheit hoffen. Bis dahin ist sie bei jeder Art von Verfassung unmöglich, dann aber tritt sie ein trotz jeder Verfassung.

Doch diese schon einmal berührten Betrachtungen würden mich viel weiter führen, als ich hier zu gehen gedenke; ich komme auf unser Land zurück.

Preußen, sagte ich, naht sich auch dem Zustande, wo dem Drange nach Thätigkeit der Spielraum bald zu eng werden wird. Sein Handel, seine Fabriken steigen täglich; — Dank der moralischen Freiheit, die wir im Allgemeinen mehr als andre Völker genießen und die, ohngeachtet der absoluten Form unserer Verfassung eben aus einer mehr als anderswo fortgeschrittenen allgemeinen Intelligenz entspringt, eine Intelligenz, die beim Herrscher auf dem Throne anfängt und sich bis auf die letzte Klasse herab erstreckt.

Es fehlt also, meines Bedünkens, Preußen zu immer steigender Macht und Glück nichts, als ein Abfluß seiner Kräfte nach entfernten Gegenden, da eine (vielleicht noch mehr zu wünschende) Ausdehnung derselben in der Nähe vor der Hand noch nicht erwartet werden darf, obgleich auch sie mit der Zeit ohnfehlbar statt finden wird; — denn das allgemeine Streben der Civilisation nach großen Staatenmassen ist zu unverkennbar.

Warum sollte nun, frage ich, Preußen ganz davon ausgeschlossen seyn, sich eine S e e m a c h t, wenn auch im mindern Grade, zu bilden, d.h. nicht so bedeutend, um Seekriege mit europäischen Seemächten zu führen, aber doch hinlänglich, um sich Colonieen zu erobern, die in kurzer Zeit sich selbst zu erhalten fähig seyn würden und die dazu dienen müßten, dem preußischen Handel feste Anhaltspunkte in andern Welttheilen zu sichern.

Man behauptet oft: 20,000 Engländer seyen hinlänglich, ganz China zu erobern. Ohne an ein so abentheuerliches Unternehmen zu denken, so ist es doch die Frage: ob nicht z.B. der Besitz einiger Inseln in den chinesischen Meeren einen umfassendern Handel mit China, wie mit andern asiatischen Reichen begründen und beschützen könnte, der dem Mutterlande einen großen Zufluß von Reichthum gewähren würde. Warum soll den Engländern allein immer jeder Vortheil dieser Art zufallen, warum sollten sie das Recht haben, ihn sich bei allen passenden Gelegenheiten zu gestatten und jedem Andern zu verwehren? Ja die in der Welt so gewaltig gewordene öffentliche Meinung hat die englische Macht in dieser Hinsicht schon beschränkt, und wir sehen, daß sie die Franzosen an der Eroberung von Algier nicht gehindert hat, welche sie, nur vor wenigen Jahren noch, ganz sicher nicht geduldet haben würde.[20]

In einem solchen Besitz wäre auch ein preußisches Botanybay zu gründen, um die Todesstrafe aufheben und unsere Verbrecher wieder zu nützlichen Bürgern und zu Vätern eines neuen Volkes erheben zu können. Vielleicht könnten wir bei dieser Gelegenheit auch die Hälfte unsrer Advocaten los werden und allen übrigen unruhigen Köpfen zugleich ein Asyl dort anweisen. Ja, ich selbst ginge gern als

Volontaire mit, und, wie mein Verwandter *„Latour d'Auvergne"* erster Grenadier von Frankreich wurde, würde ich mich bemühen, in jenen fernen Landen als „erster preußischer Todtenkopf" aufzutreten. Wahrhaftig, ich rathe der Seehandlung, die Sache in ernstliche Ueberlegung zu nehmen. Sie kann dadurch noch eine Art von ostindischer Compagnie im Kleinen werden, und sich in China mehr Ruhm erwerben, als ihr der Handel mit Thee und chinesischen Curiosis bis jetzt Geld eingebracht hat.

⊢――――⊣

Wir haben vorher von Sclaverei gesprochen, und gewiß: das lachendste Wort in unsrer Zeit ist Freiheit, das finsterste Sclaverei. Und dennoch könnte man sagen: daß das Schreckliche der letztern eigentlich nur in unsrer eigenen Unvollkommenheit und Schlechtigkeit liege. Der Zustand der Sclaverei an sich — ich meine die unumschränkte Macht einer Klasse über die andere — ist in so weit noch grade kein Uebel zu nennen, eben so wenig, als es unsere ganze Existenz überhaupt ist, denn — sind wir nicht sämmtlich die allervollkommensten Sclaven einer höhern, unbekannten Macht, und bleibt dem Menschen, wie dem Sclaven, bei den furchtbaren Martern, denen beide oft unterliegen müssen, ein andrer Trost, als der der eignen Gesinnung? dieser kann zweierlei Art seyn: entweder fließt er aus der frommen Ueberzeugung, daß, es gehe uns, wie es wolle, ein liebender Gott, ein vollkommnes Wesen alle Dinge leitet und sein weiser Rathschluß, wenn er gleich unsern trüben Augen unerforschlich bleibt, doch immer nur ein Gutes und Nothwendiges bezwecken müsse — oder er entsteht aus dem eignen beruhigenden Bewußtseyn; nach bester Ueberzeugung gut und recht, d.h. im Gleichgewicht mit sich selbst gehandelt zu haben, und dann mag die ganze Hölle toben, der Starke und Gerechte steht fest wie der Fels

111

im Meere.

Man nehme nun an, daß die Herren der Sclaven auch nur edle und gerechte Wesen, diese aber sehr mangelhafte wären, oder, was beinahe dieselbe Wirkung hervorbringt, daß sich die Sclaven dies nur einbildeten, (wie z.B. listigen Betrügern oft von einem fanatisch blinden Volke die Macht jeder Bedrückung und Grausamkeit mit Liebe eingeräumt und belohnt wird,) so würde der Zustand der Sclaverei nichts Schlimmeres haben, als der: Mensch zu seyn. Ja, in dunkeln, rohen und ungebildeten Zeiten war er deßhalb eben wohl gar nothwendig.

Dies Alles ist freilich sehr einfach, es scheint aber doch, daß wir erst ziemlich spät dahinter gekommen sind, daß die moralische Kraft unsres Geistes, auf sich selbst und eigne Beherrschung angewandt, leider ein zu elendes und gebrechliches Ding ist, um das die Menschen nicht jede zu große Gewalt, die man ihnen gestattet, sogleich mißbrauchen sollten, und in Folge dessen daher endlich einzusehen, daß keine politische Verfassung sie ihnen je gestatten dürfe.

Wer die Länder selbst bereiste, wo der Weiße fast noch unumschränkt über seine schwarzen Sclaven gebietet, wer dort täglicher Zeuge war, wie man die neu angekommenen Europäer ihres Mitleids wegen verspottet, und ihnen lachend zuruft: „Ihr werdet bald anders denken lernen!" — der erstaunt darüber, wie schnell das Herz des Menschen, trotz Religion und Bildung, dem Erbarmen und aller Nächstenliebe versteinern kann, wenn Gewohnheit und gesetzlich erlaubte Zügellosigkeit den Leidenschaften freien Spielraum gewähren. Es ist eine sehr traurige Wahrheit, aber sie ist nicht zu leugnen: der Mensch ist dem Tiger weit näher verwandt, als dem Lamme. Eine Lust am Zerstören liegt in seiner innersten Natur, und hat er Blut einmal gekostet, so verlangt er noch mehr. Im civilisirten Europa, sollte man fast glauben, befriedigte dies Bedürfniß die Jagd und von Zeit zu Zeit der Krieg — auf den Inseln aber die Sclaverei — ein empörender Gedanke! Bei alle dem zweifle ich, ob wir, durch die Art, wie wir angefangen haben, dem Sclavenhandel entgegen zu arbeiten, den Negern wirklich eine große Wohlthat erzeigen. Denn, wenn es feststeht:

1) daß diese Neger in ihrem jetzigen Zustande wirklich für eine intellectuell untergeordnete Menschenklasse zu halten sind, was kaum zu bestreiten seyn möchte,

2) daß bei ihnen selbst die Sclaverei gleichfalls herrscht, und sie zum Theil dort als Sclaven noch ungleich mehr leiden, als bei uns, so möchte wohl für das Wohl und die fortschreitende Civilisation dieser armen Raçe es weit zuträglicher seyn, den Ankauf und die Ausfuhr der Sclaven in Afrika nicht zu verhindern, dagegen aber

a) die strengsten Strafen auf ihre schlechte Behandlung sowohl beim Transport auf dem Schiffe als später zu setzen,

b) das ganze bisherige Verhältniß des Sclaven zum Herrn einer humanern Gesetzgebung zu unterwerfen, die, indem sie dem Herrn den Nutzen der gezwungnen Arbeit des Negers läßt, doch das eigentliche Sclaventhum wo nicht gänzlich aufhebt, doch im Wesentlichen motivirt,

c) überhaupt die Zeit des Dienstes der Sclaven, soweit er gezwungen ist, nur auf eine gewisse Anzahl von Jahren zu fixiren, und endlich

d) dafür zu sorgen, daß nach Ablauf dieser Zeit, diejenigen Neger, welche nicht freiwillig als Lohnarbeiter fortdienen wollten, in freien Colonieen, gleich den Armencolonieen in Holland vereinigt würden, wo sie ihren Unterhalt fänden, und zugleich sich durch gemeinnützige Arbeit um den Staat verdient machen könnten.

Dies würde die transportirten Neger selbst zu etwas Besserm heranbilden, und sie so für einstige vollständigere Freiheit reif machen, wo dann diese von selbst eintreten müßte, während die jetzigen Maßregeln, wie bekannt, dem Sclavenhandel keineswegs gesteuert haben, und das äußere Loos dieser Unglücklichen nur dreifach schrecklicher gemacht, bei ihnen selbst aber eine trügerische und ungewisse Hoffnung erweckt, die ihren Zustand durch Zweifel und Ungewißheit auch moralisch und innerlich unglücklicher als früher werden läßt.

Uebrigens ist es leicht möglich, daß die Entdeckung des Nigerlaufes eine ganz neue Aera für Afrika hervorbringen, und das Uebel dort in der Wurzel angreifen wird, indem es jene Völkerschaften in ihrer eigenen Heimath einer höheren Cultur entgegenführt. Von der jetzt in England sich vorbereitenden Sclavenbefreiung darf man sich, fürchte ich, weniger Gutes versprechen, eben so wenig wie von Anwendung der constitutionellen Prinzipien in Portugal und Spanien. Dergleichen Zuständen muß von innen heraus, nicht von außen herein abgeholfen werden.

———————————

Die Tugend wäre ein Wahnsinn, hat Jemand geschrieben, wenn Gott nicht hinter uns stände.

Ja wohl! kein irdisches Wesen könnte nur auf den Gedanken der Tugend kommen, wenn eine höhere Macht sie uns nicht offenbart hätte; denn auf der Erde ist wahrlich ihre Heimath nicht, und sie dort so wenig beliebt, daß eine vollkommne Tugend gewiß nur in der Einöde einen sichern Zufluchtsort vor Verfolgung und Verderben finden würde. Glücklicherweise kommt es aber nicht zu einem so trostlosen Schauspiel, da die Menschen, wie Machiavell behauptet, nie den Muth haben, weder durchaus gut, noch durchaus schlecht zu seyn.

———————

Man mag noch so viel mit redlichstem Gemüthe forschen, noch so viel philosophische Systeme studiren, und für eins oder das andere Parthei fassen, immer wird man sich zuletzt gestehen müssen, daß das einzige und höchste Problem der Speculation „Gott" unsrer Fassungskraft dennoch entschwindet. Ein Absolutes, Abstraktes, ohne Persönlichkeit ist eben so wenig der wahre, lebendige Gott, den unsere Frömmigkeit bedarf, als eine Persönlichkeit ohne vollständige Durchdringung des ganzen Universums und Einsseyn mit ihm unserer Vernunft genügen kann; aber eben die Vereinigung dieser beiden nothwendigen Eigenschaften Gottes: persönlich und Alles in Allem zugleich zu seyn, hat weder Spinoza, noch irgend einer seiner Nachfolger der populairen Fassungskraft (und über diese erhebt sich auch die meinige nicht) wahrhaft begreiflich machen können. Wir brauchen dies auch im Grunde ja nicht, denn fühlen thut Gott ein Jeder — wenn wir ihn aber, so zu sagen zugleich sehen und greifen wollen, so bleibt uns zuletzt doch nichts übrig, als uns von Gott ein Bild in höchster, denkbarer, menschlicher Vollkommenheit zu entwerfen und dieses anzubeten — was man denn sehr füglich die wahre Menschwerdung Gottes nennen könnte. Dies ist auch von jeher der Zweck aller positiven Religionen gröberer und feinerer Art gewesen, welche, seit es Menschen giebt, mit mehr oder weniger Erfolg und nach dem Stande ihrer Cultur und ihrer Zeit ein solches Bild aufzustellen versucht haben. Es folgt daraus ganz natürlich, daß diejenige Religion, welche das edelste Ideal erdacht, ein solches, das Gefühl, Vernunft und

Verstand am meisten befriedigt, auch die beste und empfehlenswertheste seyn wird. In diesem Sinne nun muß jeder denkende und gebildete Mensch, so lange die Welt noch keine höhere Steigerung kennt, aus vollem Herzen ein Christ seyn, um so mehr, da in dieser Lehre das Werden und nie ruhende Fortbilden eben ein Wesentliches ist. Nur dürfen dann, meines Erachtens, keine Priesterschaften, wie sie bisher existirten, dies ewige Fortschreiten zu versteinern trachten, indem sie zugleich allein die privilegirte Leibwache und unwandelbare Aristokratie des himmlischen Reiches ausmachen wollen, die in Religionssachen wenigstens gewiß nichts taugt, weil dadurch jedesmal das gottmenschliche Ideal wieder zum Alltagsmenschlichen herabgezogen wird, und Leidenschaften, oft die gehässigsten, das Heiligste verdunkeln müssen.

Der ächte Protestantismus will nun auch etwas Besseres, ist aber leider noch wenig durchgedrungen.[21] Erst wenn der Geistliche nichts weiter als Vorbild der Tugend, liebender Lehrer und Erklärer der heiligsten Bedürfnisse des Menschen, wahrer Seelsorger für Alle, sie nennen sich nun Juden oder Christen, Türken oder Heiden, wird seyn wollen, ohne Anspruch auf ausschließliche und politische Aufrechthaltung seines Glaubens von Staats wegen, ohne eine, noch irdische Zwecke nebenbei beabsichtigende Tendenz, ohne handwerksmäßigen Zwang dogmatischer Schulmethode, und ohne den unwürdigen *Modus* seiner Bezahlung — erst dann, sage ich, wird die Kirche wahrhaft das höchste Institut zur Bildung und Veredlung des Menschengeschlechts werden. Dann wird Christus wiedergekommen seyn und das tausendjährige Reich beginnen, mit einer praktisch religiösen Zeit in höchster Klarheit, wo man nicht mehr darnach fragen wird, was man glaubt, sondern nur nach dem, was man thut; der grelle Gegensatz der heutigen, eben so unreligiösen, als vollständig verwirrten und egoistischen Zeit, die man vielleicht am besten als die juristische bezeichnen könnte, weil sie nur auf das leidige Mein und Dein, und den ewig daraus folgenden Zwiespalt in allen Beziehungen, welche die Menschen mit einander verbinden, gegründet zu seyn scheint.

⊢────────⊣

Jemand sagt in einem beliebten Buche ganz richtig: „Eine Entartung der Kunst kann nie ausbleiben, wo man sie ganz der Religion entfremdet;" setzt aber dann hinzu: „Musik ist die einzige Kunst, die noch ein integrirender Theil unsres Gottesdienstes ist, darum muß man sie brauchen als das einzige Mittel, um wieder eine innigere Verbindung aller Kunst überhaupt mit der Religion herbeizuführen."

Dies ist ein seltsamer Schluß. — Die Kunst ist ja eben entartet, weil das ächte religiöse Gefühl, wie alle Poesie, in der jetzigen Epoche so schwach im Menschen geworden sind. Laßt diese erst wieder erstarken, so werden auch die Künste wieder blühen, aber nicht umgekehrt. Wenn es zu diesem Erstarken Musik bedarf, so wird vielleicht das wirksamste Conzert, ein dreißigjähriger Kanonendonner, das Jammergeschrei von hundert tausend Pestkranken, einige Erdbeben und eine partielle Sündfluth seyn.

⊢────────⊣

Viele finden es sonderbar, daß die Bewohner der vereinigten Staaten, trotz ihres scheinbaren Mangels an Phantasie, und ganz im Gegensatz zu ihrer großen, politischen Aufklärung dennoch, in der Mehrheit, einem eben so lächerlichen, als fanatischen religiösen Sectengeiste ergeben sind. Doch scheint mir dies nur naturgemäß. Junge

117

Nationen (und jung ist der Amerikaner, wenn gleich ein junger Riese, der schon in der Wiege Schlangen zerdrückte,) sind immer mehr religiös, alte skeptischer gestimmt, wie auch das Kind blindlings glaubt und das Alter, vielleicht eben so blindlings, zweifelt. Junger Thatkraft ist der Glaube — die Grundlage der Religiosität — angemessen, später erscheint erst, mit abnehmender Thatkraft und mehr Erfahrung, die Periode des Reflectirens über früheres Handeln — die Grundlage der Philosophie. Einst werden sich vielleicht beide Ansichten so durchdringen, daß sie ein ganz Neues bilden.

Wer indeß unter dem Bestehenden zu wählen hätte, möchte wohl am liebsten wieder glauben, wenn er nur könnte. Denn es als eine Pflicht von dem zu verlangen, der über diese Lebensansicht einmal hinaus ist, wäre buchstäblich nichts Andres, als Jemand zwingen zu wollen, daß er wieder jung werde. Das ist unmöglich. Kindlich kann eine Nation von neuem nicht mehr werden, wohl aber Einzelne kindisch, wie z.B. die heutigen Frömmler.

Gott der Allgütige hat aber in seiner Weisheit das rechte Mittel, auch dieses Wunder neuer Jugend auf andrem Wege fortwährend zu bewirken, schon von Anfang an bestellt, einen von Ewigkeit zu Ewigkeit sich immer wiederholenden, ohnfehlbaren Verjüngungsprozeß für Alles, was ist. Er heißt: — der Tod.

Diejenigen Politiker, welche den Erfolg einer Sache von der Vorsehung erwarten, weil sie menschlichen Begriffen nach gerecht ist, haben, von allen religiösen Theorieen abstrahirt, die Geschichte nicht studirt. Sie würden daraus hinlänglich sich überzeugen können, daß die Vorsehung, welcher uns unsichtbaren Mittel sie sich auch zur Leitung der Weltbegebenheiten bedient, doch nie verhindert, daß bestehende Ursachen auch ihre analogen und nothwendigen Wirkungen haben. Es wird also auch die gerechte Sache nur dann immer siegen, wenn sie zugleich die stärkere ist, wiewohl eben diese Gerechtigkeit derselben oft ihre Stärke werden kann, gewöhnlich aber erst etwas spät als solche sich zu bewähren pflegt. Helft Euch selbst, so wird Euch Gott helfen, ist, recht verstanden, eben so christlich und fromm, als vernünftig.

Der Erfahrung nach betrachtet, muß man überdies leider gestehen: die schönsten Redensarten halten nicht Stich im Gewirre des Lebens; und alle die herrlichen Dinge, als Recht, Billigkeit, Freiheit, Tugend, Vergeltung — sie treffen und äffen, und schwankend ist ihr äußerer Erfolg. Nur eins auf dieser Welt ist immer des Erfolges sicher, so lang es sich zu erhalten versteht — die Gewalt.

Leute von Genie und vielem Ehrgeiz sind den Gouvernirenden gewöhnlich nicht sehr angenehm. Demohngeachtet ist es nur die Politik der Schwäche oder des Uebermuths, die sie entfernt und ihnen Geringschätzung zeigt.

Die Klugheit wird das Gegentheil gebieten, um sie zu beschäftigen und zu gewinnen, auf der einen Seite unschädlich, auf der andern nützlich zu machen. Selbst ein Mann wie Friedrich der Große hatte es zu beklagen, einst Laudon einer üblen Laune aufgeopfert zu haben, und die Bourbons würden wahrscheinlich ihrem harten Schicksale entgangen seyn, wenn ihr nichtiger Hof, sowie der eben so eitle als unfähige Necker verstanden hätten, Mirabeau besser zu würdigen und ihn mit Kunst zu behandeln.

Der Minister, welcher die Einverleibung Polens mit Rußland, und die Aufhebung seiner Constitution unterschrieben, hat ein Grab zum Namensanfang (Grabofsky.)

Ist dies für uns Deutsche eine Vor- oder eine Nachbedeutung?

Was dagegen jedenfalls eine freudige Vorbedeutung genannt werden muß, ist die überraschende Nachricht, daß einem russischen Minister ein fremder Orden, erblich in seiner Familie, verliehen worden ist. Wie schön! während die gottlosen St. Simonianer selbst die Erblichkeit von Haus und Geld und Hof aufheben wollen, läßt die russisch-persische Morgenröthe (denn um einen persischen Orden handelt sich's) uns sogar die zukünftige Ordens-Erblichkeit und gewissermaßen-Unsterblichkeit hoffen. Auch ist dies nicht mehr wie billig. Es sind der Orden zu viele geworden, um nicht die aufmerksamste Sorge aller Regierungen auf sich zu ziehen. Nach so vielen Emancipationen unsrer Tage, wie — der Völker (wer hörte nicht davon), der Kinder (man betrachte unsere Erziehung), der Pferde und Esel (S. Schefers Novellen), der Bauern (*v.* preußische Ablösungsgesetze), der Sclaven endlich und der Juden (laut den englischen Parlamentsverhandlungen), — dürfen wir auch eine Emancipation der Orden erwarten, und der Tag ihrer allgemeinen Erblichsprechung wird ein Tag des Segens und der Freude für Viele seyn.

Ich schmolle oft mit den Engländern, eben weil sie so groß sind, und doch zuweilen wieder so klein!

Heute aber, als ich das Zeitungsblatt aus der Hand legte,

fühlte ich mich von inniger ungetheilter Verehrung für sie durchdrungen. Diese Emancipation der Juden, deren ich eben erwähnte, ist wahrlich ein ernstes und glorreiches Zeichen des Fortschritts ihrer geistigen Cultur und wird für sie selbst zur Milderung und Aufklärung ihrer Religionsbegriffe die wohlthätigsten Folgen haben; denn ein Schritt im Guten führt eben so sicher zum Bessern, als umgekehrt das Böse „immer Böseres muß gebähren." Heil dir also, edles Volk, das uns in so Vielem schon vorleuchtete, und nun auch die Axt an jene stupide Barbarei gelegt hat, mit der wir im ganzen Europa so lange Zeit, zu unsrer ewigen Schmach, eine zahlreiche Klasse unsrer Mitmenschen verfolgten, und erst selbst verderbten, um sie nachher dieser Verderbniß wegen anklagen zu können.

Es ist ein schöner, endlicher Sieg der Menschlichkeit und Gerechtigkeit, der Welt zum Beispiel aufgestellt, und wir wollen gern einen Schleier darüber decken, welche Tendenzen zu derselben Zeit bei uns in dieser Hinsicht laut wurden. Ich weiß nicht, wie andere Christen darüber denken, aber was mich betrifft, so kann ich wohl sagen, daß, seit ich zu Verstande gekommen bin, ich nie einem gebildeten Juden begegnete, ohne mich gewissermaßen vor ihm zu schämen, indem ich lebhaft fühlte: daß nicht wir zur Verachtung seiner Glaubensgenossen, wohl aber er zur Verachtung der unsrigen ein Recht habe.

Es wird nun auch dabei nicht bleiben. Die heutige Zeit mit all ihren Mängeln und Geburtsschmerzen, tritt dennoch schnell ein gehässiges Vorurtheil nach dem andern in den Staub, und wenn sie auch durch ungeschickte Auffassung zuweilen nur wieder eine, momentan erfolgreiche, Reaction bewirkt, auch oft selbst das arme Kind gleich mit dem Bade verschütten will, so muß sie, nach dem göttlichen Gesetz, am letzten Ende doch ohnfehlbar dahin kommen, wohin sie steuert — zum Reiche der Vernunft.

Uebrigens bleibt es doch ein merkwürdiges Zeichen der Inconsequenz des menschlichen Geistes, daß in derselben englischen Parlaments-Sitzung der edle Vorschlag zur Emancipation der Juden, und die lächerliche Bill für bessere Heilighaltung des Sonntags (nach welcher unter andern Jeder in Strafe verfallen soll, der am Sonntag Zeitungen liest, oder sich nur nach einer politischen Nachricht erkundigt, nebst vielem dergleichen Unsinn mehr) zugleich zur Dicussion kommen konnten, und nur eine eben so kleine Mehrheit für die erste günstig, als für die zweite Narren-Schellen-Kappen-Bill ungünstig entschied.

Trocknere Variation auf ein früher berührtes Thema.

Ohne Zweifel nimmt der Stand der Grundbesitzer eine der wichtigsten, wo nicht die wichtigste Stelle in der Gesammtheit des Staates ein. Demohngeachtet scheint es, daß bei uns kein andrer Stand, besonders der mit dem Adel belastete Theil desselben, nach und nach immer mehr von seiner Geltung verloren hat, ja der Einzelne dieser Klasse sich jetzt wohl selbst nichts weniger mehr als hoch anschlägt, wenn er außer seinem Landbau nicht noch andre Aemter bekleidet, oder andern Geschäften obliegt.

Viele Ursachen haben zu diesem fast beispiellos schnellen Herabsinken beigetragen, welche zum Theil die Zeit unabänderlich mit sich führte. Manche dagegen sind selbst verschuldet. — Zu den Letzteren gehört vielleicht ein verhältnißmäßiges Zurückbleiben der Mehrheit dieser Klasse in Kunst und Wissenschaft, ja, es thut mir leid es zu sagen, ein sich wesentlich unästhetisch zeigender Sinn der vaterländischen Landbesitzer, und noch mehr vielleicht als dies, der Mangel an Begnügung, an eigner Achtung für ihren Beruf.

Wenn der Geistliche zufrieden ist Geistlicher zu seyn; der Soldat (ich spreche hier nicht von der Landwehr, die ihrer Natur nach freilich Vielerlei seyn muß) nur Soldat, der Jurist nicht zugleich Kaufmann und der Kaufmann nicht Jurist seyn will, so scheint der Gutsbesitzer allein, sobald seine Bildung über die gewöhnliche Stufe nur in etwas hinausreicht, auch noch nebenbei Staatsdiener, oder Soldat,

123

oder Hofmann, oder speculativer Kaufmann, oder wohl gar alles zusammen seyn zu wollen. Hat er aber diesen unpassenden Ehrgeiz auch nicht, so glaubt er doch wenigstens, sich mehr als Andere von seinem Beruf frei machen zu dürfen, um: sein Leben zu genießen, wie man es zu nennen pflegt, und sucht diesen schwer zu erjagenden Genuß — wenn er eben als Zweck gesucht wird, einen großen Theil des Jahres hindurch bald in der Residenz, bald auf Reisen u.s.w. in der Regel aber stets wo anders als zu Hause. Nur die Noth, der Mangel hält ihn an dem Orte anhaltend zurück, wo er eben diesen wahren Lebensgenuß finden und die ihm zu Vergnügungen übrig bleibenden Mittel dazu anwenden sollte: sein Besitzthum nicht nur zu einem einträglichen, sondern auch würdigern und angenehmern Aufenthalt umzuschaffen, als es in der Regel bei uns der Fall ist; ein Bestreben, welches jedenfalls weit einfacher wäre und ihm weit näher läge, als seinen Ueberfluß anderwärts, ohne irgend ein bleibendes Resultat, unnütz zu verwenden.

In neuester Zeit haben sich zwar diese getadelten Ansichten schon in etwas geändert — die nothwendigen Folgen der frühern Verfahrungsweise sind aber auch leider bereits nur zu vielfach eingetreten, nämlich Deteriorirung der meisten Rittergüter in Bezug auf ihren Werth, und noch weit mehr Vernachläßigung derselben hinsichtlich ihres äußern Glanzes, Verschuldung des größten Theils derselben durch das ganze Land, und daraus immer mehr überhand nehmender Mißcredit ihrer Besitzer. Und doch möchte bei richtigerer Beurtheilung des inne habenden Standpunktes, und bei größerer Liebe zu demselben, vielleicht kein Wirkungskreis belohnender, ehrenvoller, verdienstlicher um den Staat selbst, und zugleich reicher an vielfachem Genuß gewesen seyn! Ja, ohngeachtet der so sehr bejammerten bösen Zeiten, ohngeachtet der langen Litanei von Klagen, als z.B. über zu schwere, unverhältnißmäßig vertheilte Abgaben, über eine besonders stiefmütterliche Behandlung der Grundbesitzer von Seiten des Gouvernements, das, wie die Unzufriedenen behaupten, alle Staatslasten in letzter Instanz auf den Landbewohner fast allein zusammenhäufe und den Capitalisten ziemlich leer ausgehen lasse; über die Verwirrung und Unzahl der Gesetze, namentlich über die Mängel des bestehenden Hypothekenrechts, welches durch Langsamkeit und Peinlichkeit des Verfahrens allen Credit zerstöre, und an dessen, wie der übrigen Gesetze Revision, man zwar stets arbeite, aber nie ein Resultat zum Vorschein bringe;[22] über eine zu langsame, zu theure und zu schreibselige Justizverwaltung, die ohngeachtet aller Milde und Liberalität der Gesinnung für die Schuldigen, dennoch für den unschuldigen Bürger drückend werde, indem sie, statt, wie es ihr Beruf sey, Streit mit Schnelle zu schlichten oder ihn zu verhindern, im Gegentheil durch ihre Organisation Prozesse, wie Pilze ein befruchtender Sommerregen, unzählbar aus dem ergiebigen Boden hevorlocke und pflege; über zu vieles Einmischen der Behörden in alle Privatverhältnisse, wie zu vieles Bevormunden und Regieren überhaupt, dem Krebsschaden der neuern Zeit; vor allem aber über die stets zunehmende Zahl, und den, unter einem so gütigen und wohlwollenden Herrscher doppelt unerträglichen, Despotismus der ganzen Beamtenhierarchie, welche schon aus Instinkt vorzüglich den Grundbesitzer als ihren natürlichen Feind betrachte, und ihn daher immer mehr und mehr wehrlos zu machen suche, ein Uebel, das man zwar einsähe, ja zugäbe, aber mit zu viel Apathie dennoch immer mehr um sich greifen lasse u.s.w., — ohngeachtet dieser, ohne Zweifel sehr übertriebenen, Klagen, ja selbst ohngeachtet der zerstörenden Art wie die Ablösungsgesetze ausgeführt werden, sage ich, würden dergleichen Mängel und Mißbräuche, wenn sie auch ganz so existirten, wie man sie schildert, meiner Meinung nach, dennoch immer nur theilweise Verarmungen, nur zeitliche Entbehrungen und Mißverhältnisse, aber nie so dauernde Noth, so vielfachen gänzlichen Ruin, so allgemeine Herabsetzung des Bodenwerthes auf dem Lande hervorgebracht haben, wie wir es jetzt leider fast durchgängig, als die eigene Schuld früherer Sünden, erleben müssen.

Der Art ist es denn, ich wiederhole es, auf ganz folgerechte Weise dahin gekommen, daß in unsrem Vaterlande, welches eine so hohe Stufe der Cultur für sich in Anspruch nimmt, der Landadel, oder Stand der Gutsbesitzer überhaupt, weil er stets noch etwas andres seyn wollte, als wozu er berufen war, nicht nur fortwährend immer mehr verarmt, sondern auch in demselben Grade in der öffentlichen Meinung sinkt, als andre Stände in derselben steigen. Seine Mitglieder nach ihrem eignen Maßstabe gemessen, pflegen nun wirklich nur dann noch im Publico, wie bei der Behörde, Ansehn zu genießen, wenn sie zugleich mehr oder weniger als bloße Gutsbesitzer sind, besonders, versteht sich, wenn sie als Räthe irgend einer Klasse mit Staatsangelegenheiten zu experimentiren befugt wurden, obgleich leider in den meisten Fällen dieser Art wohl der Staat eben so wenig, als ihre Güter großen Nutzen davon verspüren mögen.

Man werfe mir hier nicht ein, daß in constitutionellen Reichen die großen Grundbesitzer, die Aristokratie, ebenfalls einen bedeutenden Antheil an den Staatsgeschäften nehme. Fürs Erste haben wir gar keine Aristokratie im wahren Sinne des Worts (meiner Ueberzeugung nach auch ganz entbehrlich in einem absolut regierten Staat, wo nur die Aristokratie des Dienstes gilt, aber gewiß ein unumgänglich nothwendiges Institut zur Bildung einer stabilen und kräftigen constitutionellen Monarchie, sowohl zur Sicherung des Throns als der Rechte des Volks), sondern nur titulairen Adel ohne Beruf und Bedeutung, an ihrer statt, ein höchst trauriges Aequivalent! Zweitens aber ist der Antheil an Staatsgeschäften bei einer ächten Aristokratie so verschiedner Natur, und dem eignen Besitze so angemessen, ja mit ihm verwachsen, daß die öffentlichen Funktionen jener Gutsherren, statt ihrem Interesse je hinderlich zu seyn, dasselbe überall in gleichem Verhältniß mit dem Vortheil des Ganzen nur befördern müssen, vorausgesetzt freilich, daß die Individuen selbst von richtigen Staatsansichten in ihrer Handlungsweise ausgehen, was aber eben die Bedingungen einer vernunft- und zeitgemäßen Aristokratie im Voraus verbürgen würden. Doch wie selten sieht man in Ländern, wo schon ähnliche Verhältnisse, wenn gleich unvollkommen, bestehen, z.B. in England, den Chef der Familie, den Grundbesitzer, in den speciellen Dienst des Gouvernements treten — nur außerordentliche Talente oder außerordentlicher Ehrgeiz, oder gänzlich zerrüttete Umstände vermögen ihn in der Regel dazu, und der Fall gehört immer zu den Ausnahmen. Desto eifriger suchen dagegen die jüngern Söhne, ohne Landbesitz und aristokratische Befugnisse, sich dem Staatsdienste zu widmen, und sind gewöhnlich sehr froh, ihre Laufbahn damit zu beschließen, daß sie sich den Wirkungskreis und die Vortheile erworben haben und in Ruhe das verwalten und genießen dürfen, was den ältern Brüdern die Geburt schon gab, und dessen würdige Führung diese daher vom Anfang an als ihren wahren Beruf ansehen.

Solche glückliche Verhältnisse, welche langsam erblüht, jenseits des Kanals eine für lange Zeit so bewundernswürdig gebliebene Staatsmaschine hervorgebracht, und selbst bei monströsen Mängeln und Mißbräuchen, dennoch ein wohlthätiges, öffentliches Leben und eine größere nationelle und persönliche Freiheit gegründet haben, als irgendwo im übrigen Europa zu finden ist, sind uns jedoch fremd, und müssen uns aus vielen Gründen höchst wahrscheinlich auch noch lange fremd bleiben. Erscheinen sie indeß einst, so werden sie, dem Fortschreiten der Zeit gemäß, sich nicht nur anders, sondern ohne Zweifel auch noch weit zweckmäßiger, besser und selbst wahrhaft freier bei uns gestalten — eine Hoffnung auf die Zukunft, die nichts Unrechtmäßiges enthalten kann. Da sie aber jetzt einmal nicht da sind, und in der That auch mit dem besten Willen von oben und unten, noch gar nicht da seyn können, uns aber dafür so Manches entschädigt und gewiß keine absolute Monarchie *de jure,* nur halb so viel Freiheit *de facto* gewährt, als die unsrige, so ist uns vaterländischen Landbesitzern um so mehr zu empfehlen, vom Hundertsten und Tausendsten ein für allemal zu abstrahiren, nach Göthes Rath, Politik und Staat für sich selbst sorgen zu lassen, und uns nur der eignen, entweder schon angebornen, oder früh gewählten Bestimmung ganz und allein zu widmen. Die, welche es versuchen, werden dabei negativ sich viele unnütze *pia desideria* und manchen Verdruß ersparen; positiv aber auch noch an sehr mannigfachem, nützlichem Wissen, an baarem Vortheil, an Ansehn, und wie ich glaube, auch an Genuß und Vergnügen, nur gewinnen können. Nur müssen sie nicht wähnen, genug zu thun, wenn sie sich als Gutsbesitzer, bloß potenzirte Landbauern zu seyn bestreben. Damit zwar sollen sie allerdings anfangen, aber dann, ihrem höhern Wirkungskreise angemessen, auch weiter gehen, und alles Gute und Schöne des Lebens in ihren Bereich zu ziehen suchen, so weit sie nur können, doch immer mit Bezug auf einen bleibenden Vortheil für ihren Besitz. Ist also zuerst für die bestmöglichste Bewirthschaftung ihrer Güter gesorgt, so wird die ästhetische Ausschmückung derselben folgen müssen. Dieser kann sich dann jeder edlere Luxus, wie er dem Geschmacke des Besitzers am besten zusagt, anschließen, es seyen nun Sammlungen von Gegenständen der Kunst und der Wissenschaft, neue Zweige der Industrie, Musterwirthschaften, oder andere gemeinnützige Anstalten, kurz Alles, was in dem Bereiche der Mittel liegt, um das Familieneigenthum fortwährend nicht nur werthvoller, sondern auch würdiger in seiner Erscheinung für jede Zeit und in jedem Sinne zu machen.

So allein werden dann im Stillen die Elemente wieder gegründet werden, die jetzt ganz verloren zu gehen drohn, und durch welche eben eine dauerhafte Aristokratie hauptsächlich gebildet werden muß — nämlich ein ansehnlicher und ein als der Stolz des Landes geachteter Grundbesitz, wie er z.B. England schmückt, und jeden Ausländer, selbst wider Willen mit einem wahren Respekt vor dem Lande erfüllt, wo ein solcher Zustand des Grundbesitzes nicht nur einzeln erlangt, sondern bei den höhern Classen fast allgemein geworden ist.

⊢────────⊣

Die Hoffnung verläßt uns zwar nie, aber sie blinkt meistens nur auf uns herab, wie jener Stern, den Tag für Tag, früh und Abend, der ermattete Wanderer wohl immer sieht, aber nimmer erreicht; der ihn bald als Lucifer, bald als Venus, bald als Morgenstern, bald als Abendstern anlächelt, und in dieser Viereinig- oder Vierbeinigkeit fort und fort verrätherisch bethört. — Und doch — wer könnte ohne diese Täuschung leben!

⊢────────⊣

Freiheit der Presse scheint ein unentbehrliches Bedürfnis unsres Geistes werden zu wollen, seit der Entdeckung der Menschenrechte; wie Thee und Kaffee es für unsre Magen geworden sind, seit den Entdeckungen des Welthandels.

Drei neue interessante löschpapierne Zeitungs-Artikel.

1) In der Nacht vom 18ten zog in Pruntrut eine Ratte, unter dem Vortragen einer dreifarbigen Fahne mit wüstem Lärm und dem Gebrülle: es lebe die Freiheit! — aus einem Schlupfwinkel hervorbrechend, nach dem Amthause.

2) Man besorgt keine Hungersnoth mehr in Mastricht, da der Herzog Bernhard mit 400 Magen der Stadt zu Hülfe kommen wird.

3) Zwei Dampfschiffe, eins vom Haag, das andre von Cöln, sind heute in Antwerpen angekommen und haben mit dem Befehlshaber der Citadelle eine lange Unterredung gehalten.

Drei dem Vorigen analoge Regierungs-Erlasse.

1) Die Regierung zu Z....., lange schon berühmt durch ihre Genialität, dehnte ihren Regierungseifer sogar einmal bis über die Landesgrenze hinaus, indem sie kurz nach Abtretung eines Theils des Königreichs R.... übersah, daß die Stadt U.... ihrem alten Beherrscher verblieben war, und in diesem Irrthume befangen, dem dortigen Buchhändler S c h ö p s wegen Verkauf eines verbotenen Buches ein Strafmandat zusandte.

Die kurze Antwort war:

> „Es muß mein Name Schöps, wegen seiner großen Verbreitung in der angrenzenden Provinz, wohl die unschuldige Ursache seyn, daß Eine Hochlöbliche Regierung zu Z..... mich zu den ihrigen zählt. Ich bin daher so frei, Hochdieselbe hiermit gehorsamst zu benachrichtigen, daß die Stadt U..., nach Versicherung aller Geographen, annoch einen Theil der N....schen Lande ausmacht, und bis jetzt hier noch nichts verlautet hat, daß dieselbe einer fremden Regierung unterworfen worden sey, weßhalb es wohl zweckmäßig seyn wird, wenn vor der Hand das gnädigst gegen mich erlassene Strafmandat ganz unter uns bleibt. Einer hochweisen Regierung zu Z. submissester
>
> > F. S c h ö p s *jun.*"

2) Dieselbe Regierung schrieb erst ganz kürzlich an einen Landrath folgendermaßen:

> „Es ist nicht mehr zu dulden, daß, bei der grassirenden Viehseuche, fremde Ochsen eingelassen werden. Daß solches bereits geschehen, darüber müssen wir Ihnen unser Mißfallen zu erkennen geben, und zeigen Ihnen hiermit an, daß im Wiederbetretungsfalle Sie

ohne Weiteres todt gestochen werden sollen."

Das große S mag freilich auf Rechnung eines humoristischen Abschreibers kommen, aber der vortreffliche Styl des Erlasses war zu verführerisch, um ihn mit so leichter Mühe nicht noch etwas zu verbessern.

3) Der Schauspieldirector B...... bat um Erlaubniß, in L..... spielen zu dürfen. Es wurde ihm abgeschlagen, weil schon ein Anderer, besser Protegirter, diese Erlaubniß erhalten. Der Mundirende nahm aber die angemerkte Nummer der Verfügung aus Versehen mit in den Text auf, so daß Herr B...... nicht wenig erstaunt war, folgenden Bescheid zu erhalten:

„Die von Ihnen erbetene Erlaubniß kann aus 3345 erheblichen Gründen nicht genehmigt werden.

D. K. R. z. Z.
Zweite Abtheilung."

Ein Portrait.

Im Traum erschien mir neulich ein furchtbarer Riese. Eines seiner Beine war der Thurm des Straßburger Münsters, das andere der von St. Stephan zu Wien. Seine Uniform war himmelblau und an der linken Brust trug er die Venus und den Uranus, an der rechten drei Cometen. Sein Kopf war weiß gepudert, als sey es der eines Oberkammerherrn, und wie ich näher hinsah, war besagter Kopf nur der Tschimborasso.

Da streckte er die Finger aus, das waren die Strahlen des Nordlichts, und aus den feurigen Farben fiel ein glühender Funke herab und wirbelte nieder aus ungemeßner Höhe, und wie ich ihm voll Entsetzen mit den Augen folgte, so ward er bald größer, bald kleiner, gleich einem Irrlichte, bis er endlich die Form eines Menschen annahm.

Wie das unbestimmte Wesen endlich vor mir stand — da war es der Teufel, und wir wurden bald recht gute Freunde. Doch mein Himmel! wie ganz anders ist dieser beschaffen, als man sich ihn vorstellt. — Nur der verewigte Hauff, der ebenfalls sehr mit ihm liirt war, hat uns irgend eine vernünftige Auskunft über ihn gegeben. Ich stellte ihn nachher, als er mir schon ganz alltäglich geworden war (denn der Mensch gewöhnt sich an alles) einer sehr liebenswürdigen Dame von meiner Bekanntschaft vor, mit der er dann, wenn mich nicht alles trügt, noch intimer wurde, als mit uns Beiden. Neulich fand ich nun, von ihrer Hand auf drei mit Nadeln an einander gesteckte Zettelchen geschrieben, eine Schilderung meines guten Freundes, die von ihrem Schreibtisch gefallen war. Die weibliche Naivität derselben entzückte mich. Hier die treue Abschrift:

„Ach! — Satanas ist weder häßlich, noch trägt er Hörner. Auch ist er durchaus nicht mit einem.... wenigstens mit keinem Pferdefuße behaftet. Derselbe ist im Gegentheil sehr wohlgewachsen, lang, schmächtig, von sehr geschmeidiger Gestalt, und seine Gliedmaßen alle von der schönsten Proportion. Ach! hierin fehlt ihm nichts. Sein Auge funkelt wie ein Stern und wechselt alle Augenblick. Eben so belebt, voller Ausdruck und Veränderlichkeit ist seine ganze Physiognomie. Im ruhigen Zustande erscheint sie oft schwermüthig, wie die eines Dichters. Zornig sah ich ihn nie, gewöhnlich sieht er freundlich und gutmüthig aus, zuweilen gar schwärmerisch, immer aber doch klug und verschmitzt. Er gebehrdet sich äußerst anständig, erröthet wie ein Mädchen, wenn es Noth thut, und weint mit Leichtigkeit. Sein Haar ist mit höllischem Rabenschwarz gefärbt, nur ein rothes habe ich bemerkt, an der linken Seite seines Stutzbärtchens, das sich gar nicht vertilgen läßt. Die Farbe seines Gesichts ist blaß, doch die Haut sehr fein und eben. Schmale Lippen, weiße Zähne, lange, zarte Finger, feine Füße. In der Kleidung ist er einfach, aber mit recherchirter Nachläßigkeit. — Dieses interessante Aeußere gehört gewiß zu seinen großen Listen, und da er so unbefangen und anmuthig damit umher zu schwänzeln weiß, bald mit vornehmen, bald mit herablassenden Mienen, so merkt, wie ich wohl gewahr werde, das alberne Schaafgeschlecht der Menschenkinder, welches nichts andres, als einen Greuel und Spuk in ihm sucht, niemals, mit wem es zu thun hat.

Am sichersten wäre er aber doch daran zu erkennen, daß er das garstige Höhnen selten, das Foppen aber nie lassen kann — und doch leider auch dabei nur einen steten Werber für seinen eignen Dienst abgiebt. Seine Talente sind außerordentlich, man kann sichs wohl denken! sein Witz unerschöpflich, seine unverschämte Blödigkeit aber besonders unnachahmlich.

Er ist ein unwiderstehlicher Meister in Vorspiegelungen und Ueberredung. Auch hält er gern Vorlesungen, besonders liest er den Götheschen Faust vortrefflich. Daß er das Incognito über Alles liebt, wird man leicht begreifen; große Herren sind nicht gern genirt. Das irdische Leben zu genießen weiß er wie Keiner. Wenn er dabei Nüsse knackt, speist er sie gewöhnlich allein und wirft die Schaalen den andern an die Nase, findet jedoch immer eine gute Entschuldigung dafür.

Alles, was ihm nahe kömmt, sucht er zu verführen, besonders das schöne Geschlecht, der Verräther! wobei es doch scheint, daß er selbst — das Sündigen immer noch mehr als die Sünde liebt. Wenn er sich aber erst in die Herzen recht zu schleichen und einzunisten gewußt hat, so daß er nicht mehr herauszubringen ist, — dann paradirt er mit Indifferentismus, spielt den englischen Dandy und sinnt nur auf neue Maleficien. Ach!"

Soweit die junge Dame.

Aus eigner Beobachtung und Erfahrung kann ich noch einige nicht unmerkwürdige Notizen hinzufügen.

Ich weiß unter andern bestimmt, daß Satan einmal die feste Absicht hatte, unter die Frömmler zu gehen. Seine kräftige Natur hielt es aber nicht aus. Nach wenig Wochen fuhr er aus der Haut, und seit dieser Epoche schreibt sich auch seine neueste Metamorphose eigentlich her. Hörner, Pferdefuß und Gestank ließ er der heiligen Gemeinde zurück zu beliebigem Gebrauch. Seit Kurzem ist er nun, (denn auch der Teufel kann sich nicht ganz vom Zeitgeiste losmachen) ein Liberaler geworden und geht ernstlich mit allerlei Reformideen um; ja, es verlautet sogar, daß er der Hölle eine Constitution oktroyiren werde.

Viele arme Seelen schmeicheln sich bereits mit der Hoffnung, ihre Peiniger künftig nicht mehr von Gottes Ungnaden, sondern durch eigne Wahl zu erhalten. Sie wollen, sagen sie, dann mit Vergnügen doppelt so viel leiden.

———————

Meinungen sind eine eigne Sache! Sie tragen den Sieg über jedes persönliche Interesse davon. Man sehe z.B. und bewundere die Holländer (ich spreche von den alten). Nichts hat sie mehr bereichert, als die große Entdeckung der Härings-Einsalzung, und es war vorzüglich das strenge katholische Fasten, welches ihren ungeheuren Absatz in dieser Waare bedingte, so daß man jetzt noch zu sagen pflegt: Amsterdam sey auf Häringsköpfen gebaut. Demohngeachtet wurden die Holländer mit Passion Protestanten, schafften die Fasten ab und würden gern alle Welt zu demselben Entschluß gebracht haben, hätten sie auch keinen einzigen eingesalzenen Häring mehr an dieselbe absetzen können.

Es giebt noch viele andere, aber vielleicht minder rührende Beispiele von erhabner Uneigennützigkeit.

———————

Wie bei Shakespeare fast immer der Tragödie ein komisches Element beigemischt ist, so verhält es sich auch in der Welt-Tragödie. Es ist nicht leicht, in Europa jetzt das Lächerlichste herauszusuchen. Mir scheinen indeß gewisse Südländer, in ihrer Rolle als Harlekin-Eisenfresser, der nicht einmal den Angriff abwartet, um davon zu laufen, viel Anspruch darauf zu haben. Das Lustigste aber ist, daß diese Sclaven, deren einzige wahre Charte nur in mit der Pritsche

137

genudelten Macaronis besteht, nun gar ihrem infailliblen Pabst auch einen Constitutions-Haarbeutel anhängen möchten!

────────────

Vielleicht klagt man doch mit Unrecht über die neue Zeit, daß sie Alles umzustoßen suche, ohne etwas Besseres dafür aufzustellen.

Wollt Ihr denn, wenn Ihr ein Zimmer malen laßt, den Erfolg nach dem Zeitpunkte beurtheilen, wo man die alte Farbe von den Wänden abkratzt, und die neue nur erst eingerührt wird? Wartet bis sie aufgetragen seyn wird und trocken ist. Taugt sie dann nichts, so habt Ihr Recht zu sagen: Besser, man hätte es beim Alten gelassen!

────────────

Mangel an guter Erziehung ist den Deutschen mit Recht vorzuwerfen. Dies ist ein großer Mangel; denn Erziehung ist dem Anzug zu vergleichen und Kleider machen Leute, wie das Sprichwort mit Recht sagt. Sie verändern zwar das Wesen des Menschen nicht, aber doch seine äußere Erscheinung, die wie ein halbes Selbst wirkt. Dasselbe thut die Erziehung. Sie verdeckt geschickt die Blößen, hebt das Vortheilhafte heraus und bekleidet das Ganze mit Anstand, indem sie uns durch Gewohnheit einem Zwange unterwirft, den die Gesellschaft als Opfer für ihre Wohlthaten fordert.

Eine Zeit lang gab man der Erziehung zu viel Freiheit; jetzt scheint man sie fast wieder zu sehr einzuschränken. In Oesterreich z.B. sind, wie man mir erzählt, die Universitäten, gleich den Schulen, in Klassen eingetheilt, und die Studenten in letztern erhalten auch noch zuweilen

Hiebe.

Dagegen ist man auf der andern Seite wiederum so liberal gewesen, den Gebrauch einzuführen, daß, wenn ein Student daselbst Doctor wird, während seiner Disputation ein fortwährender infernalischer Lärm von Trompeten und Pauken stattfindet, der kaum ein Wort zu vernehmen gestattet. Hierdurch sehen sich Schwache großmüthig unterstützt, und etwanigen Spöttern wird zugleich dadurch auf die radicalste Weise das Handwerk gelegt. Im frommen Berlin verfährt man nach dem biblischen Spruche: die Letzten sollen die Ersten seyn, weßhalb auch an der dasigen Universität ein Pedell 800 Rthlr., und ein Professor nur 400 Gehalt erhält. Bei den sächsischen Universitäten sind auch wesentliche Veränderungen eingetreten. Niemand kann mehr, wie einst *Dr.* B a r t h, seinen Pudel Doctor werden lassen[23], und diejenigen, welche nur Magistri waren (man nannte sie auch Professoren der unentdeckten Wissenschaften) haben das Privilegium verloren, mit Zwirn und Hosenträgern, Fleckkugeln und....... handeln zu dürfen, welches manche früher mit großem Erfolge betrieben. Dafür sind sie jetzt zu dem Titel *Doctores philosophiae* avancirt, wahrscheinlich jedoch ohne dadurch philosophischer geworden zu seyn.

Eine der timidesten Erziehungen, die mir vorgekommen, war die des jungen Grafen D. in Berlin. Unter andern unzähligen Beschränkungen hatte man ihm auch nie erlaubt, anders als bei schönem Wetter mit seinem Hofmeister auszugehen. Dies erweckte in dem jungen Gemüthe die sonderbare Leidenschaft, sich, es koste was wolle, einmal beregnen zu lassen. Vergebens! man ließ ihn nie aus den Augen. Endlich wird einmal während eines Platzregens der Hofmeister plötzlich abgerufen, schließt aber doch wohlweißlich die Thüre hinter sich zu. Kaum ist er fort, so eilt der hoffnungsvolle Majoratsherr ans Fenster, reißt es auf, rückt einen Stuhl heran, biegt sich weit heraus und fühlt nun ganz entzückt das kalte Tropfbad. Da hört er den Fußtritt des schon wieder zurückkehrenden Hofmeisters. Er will vom Stuhl herabspringen, glitscht aus, fällt zum Fenster hinaus und — bricht den Hals.

———

Am letzten Tage des vergangenen Jahres erhing sich ein Gutsbesitzer in meiner Nachbarschaft grade um ¾ auf Mitternacht.

Dieser Mann muß eine verzweifelte Furcht vor dem Jahre 1833 gehabt haben!

Sollte es noch schlimmer werden können?

Eine wahre Anekdote.

Der junge P....., damals ein hülfloser und verlassener Studiosus, ward durch einen sehr geringen Mann dem Herrn K....r, einem wohlhabenden Amtmann in der Gegend von Leipzig, zur Erziehung seiner Kinder empfohlen, und nach einigem Zögern glücklich angenommen. Er erwarb sich indeß bald, nicht nur die vollkommenste Zufriedenheit seines Principals, sondern auch durch verschiedene ausgezeichnete Gastpredigten in den nahen Kirchspielen, so wie durch sein sanftes und gewinnendes Betragen überhaupt, die allgemeine Liebe der ganzen Umgegend.

So vergingen drei Jahre, als bei Gelegenheit eines großen Festmahls Herr v. N....., ein angesehener Gutsbesitzer, den jungen Candidaten über Tisch folgendermaßen anredete: „Herr P....., wir Alle lieben und schätzen Sie. Wir Alle sind oft durch Ihre gehaltvollen Predigten erbaut worden, und erfreuen uns täglich an Ihrem musterhaften Lebenswandel. Ich selbst schmeichelte mir, von Ihnen als ein Freund angesehen zu werden, und wundre mich daher, daß Sie so wenig Zutrauen zu mir zeigen."

Herr P..... wollte etwas erwiedern, aber Herr v. N..... fiel ihm ins Wort: „Vertheidigen Sie sich nicht! Schon seit sechs Monaten wissen Sie, daß eine der besten Predigerstellen in hiesiger Gegend, die ich zu vergeben habe, vacant ist — und doch sind Sie der einzige unserer Candidaten, der noch mit keinem Worte sich darum beworben hat." „Ich sehe wohl" setzte er lächelnd hinzu, „daß Ihr Fehler zu große Bescheidenheit ist, und thue daher gern den ersten Schritt, indem ich Ihnen hiermit die erledigte Stelle zu S.... mit

Freuden selbst anbiete. Fürchten Sie nicht etwa, Ihrem Principal durch die Annahme zu nahe zu treten. Er ist mit mir einverstanden und freut sich gleich uns Allen, daß sich endlich eine Gelegenheit gefunden hat, Ihre Verdienste würdig zu belohnen."

P..... ward blaß und roth, und schien in sichtbarer Verlegenheit. Nach einer kleinen Pause stotterte er einige nicht recht verständliche Worte, und bat endlich, wenn die Tafel vorüber sey, sich weiter expliciren zu dürfen. Alle waren über dieses Benehmen verwundert, ja Herr v. N..... in seiner getäuschten Erwartung etwas pikirt. Indessen ließ man vor der Hand die Sache fallen, doch blieb einige Verstimmung in der Gesellschaft zurück.

Nach dem Essen aber nahm Herr K....r seinen Hauslehrer von Neuem ins Gebet und machte ihm ernstliche Vorwürfe, eine angenehme Ueberraschung, die man ihm zugedacht, so hölzern und mit so wenig Empressement aufgenommen zu haben. — „Mein Gott!" erwiderte P.... „Sie wissen nicht, in welcher seltsamen Verlegenheit ich mich befinde."

„Nun? woran fehlt es denn? — Was kann Sie abhalten, die beste Stelle im Kreise anzunehmen, die Ihnen so ehrenvoll angeboten wird? Ist es Zuneigung zu meinen Kindern oder eine früher eingegangene Verbindlichkeit? Reden Sie!" —

„Ach nein! So sehr ich meine Zöglinge liebe, so weiß ich doch, daß ich nicht immer bei Ihnen bleiben kann; aber — kurz, es muß heraus:..... verzeihen Sie mir, ich habe Sie getäuscht; ich bin gar kein Theologe — ich bin Jurist." —

„Ist es möglich! In der That, das ist überraschend; aber warum haben Sie sich denn in diesem Fall fortwährend geistlichen Verrichtungen unterzogen — warum Jedermann in dem Glauben gelassen, daß Sie Theologe seyen? Seltsam!

Indessen beim Lichte besehen, was schadet es? Was nicht ist, kann noch werden. Ihre Kenntnisse, Ihre Fähigkeiten qualificiren Sie ja, wie Wenige dazu. — Gewiß, die Sache geht! Wir verschaffen Ihnen von Leipzig leicht die nöthigsten Zeugnisse; Sie lassen sich examiniren, Niemand wird besser bestehen, als Sie. Es geht! Lassen Sie mich nur machen; aber die Sache bleibt unter uns. Verstehen Sie?" —

„Verehrtester Herr K....," begann P.... in immer größerer Verlegenheit von Neuem: „es geht nicht! Ich muß Ihnen noch mehr sagen. — Erschrecken Sie nur nicht.... ich bin nicht nur kein Theologe, sondern auch.... kein Christ...."

„Kein Christ? — Herr! sind Sie rasend?" —

„Nein, rasend nicht, aber ein Jude."

Im Anfang war die Sache Herrn K.... außer dem Spaß. Nach und nach besänftigte er sich jedoch, zeigte sich aber nichts desto weniger besorgt, nach dem Vorgefallenen, in einem bigotten Lande, wie Sachsen damals war, nun selbst aufs empfindlichste compromittirt zu werden. „Hier ist keine andre Hülfe," sagte er endlich, „als wir packen auf, reisen morgen früh nach Dresden und beichten dem Herrn Hofprediger Reinhard Alles grade heraus, wie es sich verhält. Sie müssen sich taufen lassen, das versteht sich von selbst; es ist das Geringste, was Sie thun können, nachdem Sie so oft hier als christlicher Prediger fungirt, und Gesinnungen ausgesprochen haben, mit denen Sie kein Jude bleiben können."

Gesagt, gethan. Man erschien bei Reinhard, erduldete einigen Sermon, erhielt Absolution, und P.... ward getauft. Des Himmels Segen folgte auf dem Fuße: denn wenige Tage darauf verliebte sich die reiche Wittwe B.... in den jungen Proselyten, ließ ihm durch Reinhard selbst ihre Hand antragen, und ward, da er keine Ursach hatte, diese eben so wie die Pfarrstelle auszuschlagen, in wenig Wochen seine glückliche Frau. Herr P..... ward durch diese heilsame Vereinigung des harten P mit dem weichen B, (wie es die Sachsen unterscheiden) Hofrath, ein Mann von Ansehn, und ist jetzt, nach gewonnener Muße, überdies noch ein beliebter Schriftsteller und Redacteur eines viel gelesenen Blattes geworden. Wie seltsam werden die Auserwählten geführt!

Da einmal vom Freyen die Rede ist, so benutze ich die Gelegenheit, als letzten Zettel aus meinem Topfe, folgende Betrachtung hervorzuziehen.

Zur Beherzigung reicher Mädchen.

In der Regel heirathen reiche Mädchen unglücklich, und in der Regel ist es ihre Schuld. Eine falsch verstandene Eitelkeit empört sich bei dem Gedanken, daß man sie ihres Geldes wegen heirathen wolle. Ihrer selbst willen soll es geschehen.

Unter diesem selbst verstehen sie aber nicht etwa ihre Tugend, denn die kann erst die Folge zeigen und bewähren, sondern bloß ihre äußere Erscheinung, ihre Schönheit, ihre Grazie, ihre Liebenswürdigkeit. Sind dieß nicht Alles äußere Dinge, die mit dem Reichthum vollkommen auf einer Stufe stehen, außer, daß sie weniger dauernd sind! Aber selbst Mädchen, bei deren Geburt keine einzige der Grazien gelächelt, die den Musen auch wenig zu verdanken haben, und denen selbst der gewinnende Ausdruck der Güte und eines liebenden Herzens fehlt, — selbst solche sind mir vorgekommen, die mit zwei Millionen Mark, oder Franken, oder Thaler etc. um ihrer selbst willen geliebt werden wollten!!

Ist dieß nicht über alle Maße lächerlich, und heißt es nicht: den einzigen reellen und sehr werthvollen Vortheil verkennen, um chimärischen und absurden Hoffnungen Raum zu geben? —

Ein Mann handelt niedrig, wenn er ein Mädchen, die ihm nicht behagt, bloß um ihres Geldes willen heirathet, aber er handelt nur vernünftig, wenn er dies Geld, als ein wichtiges Mittel zum Glück, mit in die Wagschale seiner Wahl legt.

145

Ein Frauenzimmer aber sollte sich wenig um die Motive kümmern, die ein Liebhaber haben kann, der um sie freyt — sie wird darüber von dem Schlechtesten, d.h. von dem gewandtesten Heuchler, am leichtesten betrogen werden — sondern nur sich zu überzeugen suchen, erstens: ob seine Persönlichkeit ihr convenire; dann, ob seine Sitten, seine Launen erträglich seyen; vor allem aber: ob er hinlängliche Charakterstärke und edle Gemüthsart besitze, um sie würdig in der Welt zu stellen, und immer gut behandeln zu können; fehlt ihm auch nur eins von beiden: so kann er dies nicht, wenn er sie auch aus der blindesten Liebe allein geheirathet hätte, denn das Wollen reicht nicht dazu aus. Arme reiche Mädchen! Ihr seyd übel daran und je länger ihr zaudert, jemehr Anwartschaft habt ihr darauf, aus zu großer Vorsicht alte Jungfern zu werden, oder nach langer Wahl die erbärmlichste zu vollziehen.

Liest eine von euch dieß, die noch ledig ist, und hübsch versteht sich, so rathe ich ihr sich um mich zu bewerben, vorausgesetzt, daß sie im unglücklichen Falle sich nicht zu sehr vor einem Korbe fürchtet und im glücklichen sich behelfen kann —

„Denn mein Haus ist klein,
Vier Breter schließen's ein!"

IV.
Scenen und Erinnerungen
aus meinen Tagebüchern.

Vom Congreß zu Aachen.

September 1818.

Die liebenswürdige Mad. Gai und ihre schönen Töchter Delphine, Frankreichs Muse, und Isaure, damals das treueste Abbild eines ächt französischen Mädchens, ausgestattet mit aller Grazie und petillirenden Lebhaftigkeit ihrer Nation — werden sich vielleicht noch einen Tag ins Gedächtniß zurückrufen können, wo wir mit mehrern andern Damen, ich weiß nicht mehr welche Ruine zu besehen, einen langen Spaziergang machten. Das Wetter war herrlich, ein crystallner Herbsttag, ganz von jener vollkommnen und dennoch etwas melancholischen Klarheit, die nur dieser Jahreszeit eigen ist, und der geistigen verglichen werden könnte, die bei uns im reiferen Alter eintritt. Die Erinnerung spiegelt sich darin ab, ohne freudige Erwartung, aber nicht ohne eine süße unbestimmte Sehnsucht. Anders ist es im Frühling, und in der Jugend, wo aus dem blauen Himmel und der grünen Erde die Hoffnung auf tausend Neues, Nahes, Erfreuliches uns blühend entgegentritt, und die Vergangenheit uns noch wenig beschäftigt.

Wir waren demohngeachtet diesmal in der heitersten Laune, die noch dadurch vermehrt wurde, daß wir uns auf dem Rückweg total verirrten und nun querfeldein wandern mußten, wobei denn die Damen allerlei Scherz trieben und sich unter andern auch im Ueberspringen verschiedner Feldgräbchen zu übertreffen suchten. Eine Freundin der

Mad. G a i, Mad. G a i l, eine Frau von großem Talent und sehr originellem Wesen, trug in diesen gymnastischen Uebungen den Sieg über alle davon, worüber die erstere in komischen Zorn ausbrach. *„Consolez vous, Madame,"* sagte ich, *„elle a un l (une aile) de plus que vaus."* *„Ah l'horreur!"* rief Mad. G a i aus, *„on me prend mon calembourg."*

„Je vous jure, que je n'y connaissais pas vos droits" versicherte ich, *„mais les beaux esprits rencontrent...."* und in demselben Augenblicke stolpere ich über einen Stein und falle ziemlich plump meiner liebenswürdigen Antagonistin in die Arme. *„Mais Monsieur, ce n'est pas ainsi au moins, que le beaux esprits se rencontrent....."* *„Madame, mille pardons,"* stotterte ich ganz beschämt, *„c'est pourtant la loi de l'attraction seule qui m'a ainsi entraînée, et vous vous êtes malheureusement trop bien appercue — qui je n'y ai pas cédé* legérement."

„Allons," erwiederte Mad. G a i lachend, *„pour un Allemand vous ne vous tirez pas trop mal d'affaire;"* und da wir unterdeß unsere Wagen erreicht hatten, wo sich die Gesellschaft trennte, hob ich die genannten Damen in meine barutch, setzte mich auf den Bock und fuhr sie mit vier stattlichen Engländern ganz stolz zur Stadt zurück.

Wir stiegen bei Mademoiselle L e n o r m a n d ab, um uns wahrsagen zu lassen, und trafen daselbst noch einige Bekannte an. Die berühmte P y t h i a war ein häßliches altes Weib mit ziemlich gemeinen Manieren, schmutzigen Händen und noch schmutzigern großen Karten darin. Ich erinnere mich von der ganzen Exhibition nur noch soviel, daß sie einem jungen Russen sagte: *qu'il serait pendu;* worauf dieser sehr kaltblütig antwortete: *„au cou d'une jolie femme, j'espère.* [24]" Mir prophezeihte sie, daß ich in einiger Zeit in den Orient kommen, dort durch irgend eine Begebenheit eine große Celebrität erlangen, aber auch in einem von Wasser rings umgebenen Orte daselbst sterben würde.

Ich hörte nicht sehr auf das Weitere, da mein Fuß allmählich in einen colossalen Pelzschuh gerathen war, der unter dem Wahrsagertische für alle sonstigen Gäste bereit stand, und eben ein allerliebstes kleines Weiberfüßchen dieselbe warme Stelle aufsuchte, was mich natürlich sehr zerstreute. Viel zu schnell für mich hatte daher die Wahrsagerin uns Allen ausprophezeiht.

Wir mußten aufbrechen, und da es schon spät war, beschlossen wir den Rest des Abends bei Mad. G a i zuzubringen. Die gefeierte Madame R e c a m i e r schmückte diesen Cirkel, der geistreiche K o r e ff unterhielt ihn in seiner besten Laune, unsere Wirthin übertraf sich selbst, der General M a i s o n erzählte schlicht, aber interessant von seinen Campagnen, ein viel versprechender Neffe des großen A lfi e r i musicirte mit Mad. G ail, kurz, die Unterhaltung brach keinen Augenblick ab, und mischte fortwährend *utile dulci*.

Endlich verschwand jedoch leise einer nach dem andern. Ich blieb zuletzt. „Wissen Sie wohl," sagte jetzt die Frau vom Hause, „daß meine Freundin weit besser wahrzusagen versteht, als Mademoiselle L e n o r m a n d ?"

„In der That? o bitte," wandte ich mich an Madame G ail, „commentiren Sie mir also der alten Zauberin Räthsel durch eine neue Kartenlegung." „*Volontiers*" erwiderte die stets Gefällige, man brachte Karten und die Session begann. Sie vertiefte sich ganz in die starren bunten Bilder, und sagte nur von Zeit zu Zeit etwas ziemlich Unbedeutendes. Da schlug es Mitternacht. Sie horchte auf den Klang, blickte auf die Karten, erblaßte, warf sie alle unter einander, und brach zu unsrem größten Erstaunen in lautes Schluchzen aus. „Mein Gott!" rief ich ganz erschrocken, „was ist Ihnen? sterbe ich vielleicht noch heut Nacht, und danke Ihrem Mitleid diese rührenden Thränen?" —

„Non," dit elle, *„tranquillez vous, ce n'est pas* votre *mort, que j'ai vu dans les cartes — c'est la* mienne."

Wir wollten lachen, es ging aber nicht recht. Madame Gail, die mit ihrer Freundin in demselben Hause wohnte, verließ kurz darauf das Zimmer in heftiger Bewegung, auch unsere Verstimmung blieb, und als ich bei hellem Mondschein nach Hause ging, war es mir, als würde ich von unheimlichen Geistern begleitet.

Einige Tage darauf frug mich der Staatskanzler, ob es wahr sey, daß ich den Gesandtschaftsposten in Constantinopel wünschte. Gott bewahre, versicherte ich, Mademoiselle Lenormand hat mir nur vorgestern dort den Tod im Wasser prophezeiht, und ich ziehe vor, hier auf dem Trocknen zu bleiben. Der Kanzler lachte, und es war von der Türkei zwischen uns nicht mehr die Rede.

Drei Monat später schrieb mir Madame Gai von Paris: *Notre pauvre amie n'existe plus. Une fluxion de poitrine l'a emportée en trois jours. Elle s'est souvenue de vous plus d'une fois sur son lit de mort. A minuit précise elle a rendu le dernier soupir.*

Eine Dame, bekannt durch ihre geistreichen Verse, sehr gesellig, eben so tief denkend als lebhaft, eben so gelehrt als liebenswürdig, gab heute ein Fest, das die Souveraine mit ihrer Gegenwart beehrten.

Mein Patriotismus erfreute sich an unsrem König. Er sah so schlicht und einfach, und dennoch wie der Herr aus. Nach ihm fiel mir der Fürst Metternich auf, dessen Eigenthümlichkeit mich immer und von jeher, selbst als ich, noch sehr jung, ihn in Dresden seine große Laufbahn als dortigen Gesandten beginnen sah, immer anzog, besonders aber dann am meisten frappirte, wenn ich ihn in Gesellschaft Höherer, als er selbst ist, beobachtete. Es ist unmöglich, sich dann nicht zu sagen, daß ein Mann wie er zum Dirigiren geboren sey, wo er auch stehe. Und wahrlich, er versteht es wie Wenige. Dieser ist kein Ideologe, aber Deutschland hat ihm mehr zu verdanken, als es annoch vielleicht einsieht. Weit höher als Kaunitz wird ihm die Geschichte einst seine Stelle neben einem Richelieu, Cecil, und andern wahrhaft großen, ihre Zeit fördernden, wenn gleich zuweilen im Antagonismus mit ihr erscheinenden Ministern nicht versagen können.

Es ist gewiß die größte Thorheit, von einem solchen Manne zu verlangen, sich nach allgemeinen Theorieen zu bequemen.

Der Fürst Metternich, in Frankreich, in England, in Preußen würde überall ein ganz Anderer scheinen, in Hinsicht auf sein äußeres Wirken, und doch immer er selbst bleiben, d.h. mit kurzen Worten: ein seine Stellung verstehender Mann.

So ist er auch jetzt in Oestreich nur das, was er dort seyn

kann und muß — aber eben deßhalb mögen sich Andere wahren, wenn einmal Oestreichs Interesse mit dem ihrigen in Collision kommen sollte.

Uebrigens weiß der Fürst Metternich ebensowohl der Eitelkeit zu schmeicheln, als die Arroganz zu demüthigen, oder ihr zuvorzukommen. Hierüber theilte mir heute früh ein Freund folgende kleine charakteristische Scene mit.

„Bei der Art von Cour, die der Fürst Abends hält, sagte er, ließ er gestern zwei vornehme Russen von Einfluß, und aus der nächsten Suite des Kaisers, über eine Stunde lang antichambriren, obgleich wir Alle recht gut den immer mit Absicht handelnden Fürsten in seinem Kabinet, dessen Thüren halb offen standen, sehen konnten, wie er mit Kunstgegenständen beschäftigt, darin gemächlich auf- und abgieng, und sogar zuweilen auf den Boden niederkniete, um selbst Gemälde aufzurollen, während ein daneben stehender Künstler ihm dies und jenes dabei zu erklären schien. Schon hatten die Russen viele Zeichen beleidigter Ungeduld gegeben, da trat der kleine Graf M. herein, sah sich flüchtig im Saale um und wollte eben wieder umkehren, als einer der russischen Generale ihn zurückhielt, und nicht ohne sichtliche Empfindlichkeit bat, doch den Fürsten auf ihre Gegenwart aufmerksam zu machen. Der Graf ging, und es dauerte abermals eine fast eben so lange Zeit, ohne daß die Scene im Cabinet sich irgend merklich geändert hätte. Endlich erschien er wieder, und mit jener übertriebenen Höflichkeit, die man höhnisch nennen könnte, erschöpfte er sich in Entschuldigungen, daß der Fürst untröstlich sey, durch die wichtigsten Geschäfte heute abgehalten zu werden, die Ehre des Besuches der Herren annehmen zu können. Mit Sturmschritten eilten nun, nach wenigen bittersüßen Phrasen, die nordischen Krieger entrüstet davon, und ich ihnen nach, da ich nur, um den Ausgang des interessanten Vorfalls abzuwarten, so lange geblieben war. Ich mag es nicht leugnen, mein deutsches Herz fühlte eine kleine Schadenfreude darüber, denn, dachte ich bei mir, hätten wir einen deutschen Kaiser, sein erster Minister brauchte wahrlich nicht...... doch warum soll ich weiter sagen was ich dachte. Gedanken sind zollfrei, aber sie dürfen noch nicht die Grenze passiren."

Der Herzog von Richelieu fiel ebenfalls durch die Würde und Eleganz seiner Manieren, und überdem noch durch ein aschgraues Gesicht auf, dem alles Blut aus den Wangen gewichen zu seyn schien, ein Aussehn, was für den damaligen Premier-Minister Frankreichs recht gut paßte. Man mußte übrigens oft unwillkürlich an des Herrn von Talleyrand's Wort denken: *C'est l'homme de France, qui connait le mieux les affaires d'Odessa*, denn alle Augenblicke sprach ihm Jemand von diesem Orte, um sich angenehm zu machen, ohne daß diese Affectation dem Herzog aufzufallen schien.

Der Kaiser von Rußland war ungemein herablassend. Er nahm verschiedenen Damen die Theetassen ab und entzückte Alles durch seine Affabilität. Die ihn umgebenden Russen ahmten mit Glück dem hohen Vorbilde nach. Capo d'Istrias machte hiervon die einzige Ausnahme. Dieser schien fast für sich allein stehen zu wollen.

Was ist die Ursach, daß Niemand nach Oestreich kommen kann, ohne ein Gefühl zu haben, als sey es Sonntag, wie kömmt es, daß Niemand, kein Deutscher wenigstens, den Oestreich'schen Kaiser sehen kann, ohne sich ihm herzlich und ehrfurchtsvoll zugethan zu fühlen? Es ist ein eigner Zauber über Herr und Land dort ausgebreitet, der sich in der Geschichte gar sehr und oft bemerkbar gemacht hat, den man aber dennoch vielleicht schneller fühlt, als definiren kann. Die Persönlichkeit thut viel dabei, aber bei weitem nicht Alles.

Viele Blicke zog der Herzog von Wellington auf sich. Damals glänzte er noch im militairischen Lorbeerkranz allein, die Civildornenkrone war noch nicht auf diesen gedrückt worden. Er sah stolz und vornehm aus. Sein Gesicht verrieth Nachdenken und Kraft, aber wenig Genie, eine zwar ganz ausgefüllte, aber enge Peripherie.

Lord Castlereagh, blaß und kummervoll lächelnd, glich einem Vampyr, dem die Nahrung ausgegangen ist, der Staatskanzler Hardenberg neben ihm, einem edlen, feinen und genialen, aber bereits große Spuren der Schwäche verrathenden, Greise. Sein Anstand war zwar ganz der eines vollendeten Weltmannes, aber im Vergleich mit dem des Fürsten Metternich weniger gebietend und ungezwungen, ja manchmal fast timide zu nennen.

Eine wahre antike Gruppe bildete der alte, sich damals in Ungnade befindende, General Benningsen mit seiner Frau. Schon beinahe ganz blind, mit schlohweißem, gelocktem Haar, groß, imposant, leidend und abgemagert, erinnerte er, von der schönen jungen Polin geführt, lebhaft an Belisar. Er erweckte auch außerdem noch manches ernste Nachdenken. — Seine Conversation entsprach jedoch diesem ausdrucksvollen Aeußern wenig. Er redete von nichts, als Pferden und der Schlacht von Eylau, wo es doch grade nur an ihm lag, wie Viele behaupten, daß Napoleon nicht schon damals eine complete Niederlage erlitt. Der vortreffliche Rath des preußischen Generals scheiterte an seiner Aengstlichkeit.

Jetzt setzte sich Madame Catalani ans Fortepiano. Der russische Kaiser, stets dienstfertig, rückte ihr das Notenpult zurecht. Sie begann: *God...* in dem Augenblick erschallte ein Posthorn dermaßen schmetternd unter den Fenstern des niedrigen Hauses, daß, nicht ohne einiges verbissene Gelächter der Umstehenden, die erhabene Sängerin einhalten mußte. Die Deligence fuhr vorüber, und sie begann von neuem: *God save....* aber weiter kam sie wieder nicht, denn der Beiwagen mit einem gleich musikalischen Postillon war seiner Prinzipalin nachgeeilt, und leider ertönte das zweite Posthorn noch falscher als das erste. Jetzt war an keinen Ernst mehr zu denken, Alles lachte laut, und die bestürzte Sängerin mußte erst wieder eine Rhabarberwurzel kauen (welche Madame Catalani stets bei sich führte), ehe sie von neuem intoniren konnte. Diesmal gelang es ihr jedoch, ohne weitere Unterbrechung, *God save the king* vollständig heraus zu bringen.

Ich nahm beim Nachhausefahren einen Grafen mit, dem seine Grafschaft abhanden gekommen war, und der die Verlorne auf dem Congresse wie eine Stecknadel suchte, einstweilen aber, außer seiner altholländischen Uniform, nichts mehr sein nannte. Es war ein komischer Alter, dem das Unglück wenig von seinem *Embonpoint* genommen hatte, denn die abgetragene Uniform saß noch so prall über seinem dicken Bauche, als hätte, wie bei einem unserer verstorbenen Gardemajors, ein eiserner Faßreifen sie zusammen gehalten.

Er machte sich über viele der eben von uns verlassenen Carricaturen nicht ohne Laune, zuweilen sogar mit Bitterkeit, lustig. Es gab aber auch wirklich seltsame Wesen darunter! Der Lady C.... gebührte vor allen der Rang. Ihre Toilette, ihre Figur, ihre Conversation, alles war aus einem Stücke. Mit ihrem tiefen Organ, ihrer colossalen Gestalt, ihrem ungeheuren Busen, ihren, bei jedem Wort nickenden Straußfedern auf dem Haupte, erschien sie zu gleicher Zeit wie der Champion, und auch wie die Amme von Altengland. Ich habe schon früher einmal erwähnt, daß sie gewöhnlich das Hosenband ihres Mannes als Trophäe auf der Stirn trug. Wer ihr aber vollends im Negligee, in zwei bis drei Ueberröcke gehüllt, ein großes, rothes Tuch um den Mund gebunden, und einen breitkrämpigen Hut auf den Kopf gestülpt, früh zu Pferde begegnete, hätte darauf geschworen, den verkleideten Falstaff in den lustigen

Weibern zu Windsor in eigner Person vor sich zu sehen.

Deutsche Damen gab es wenig in Aachen, die wenigen waren aber ein Muster der Liebenswürdigkeit. Ich nenne nur die Fürstin von Thurn und Taxis und ihre reizende jüngere Tochter. Damit es aber doch auch hier an einem lächerlichen Elemente nicht fehle, (so gut hatte die erfahrne Wirthin für Alles gesorgt) declamirte Elise Bürger, roth und weiß angestrichen wie ein Perückenstock, mit schauderhaftem Pathos:

> Da unten aber ist's fürchterlich!
> Und der Mensch versuche die Götter nicht,
> Und begehre nimmer und nimmer zu schauen,
> Was sie gnädig bedecken mit Nacht und Grauen.

Aus neuerer Zeit.

In einem Buche, das viel gelesen wird, und manche
ergötzliche Anekdote enthält, obgleich es untrügliche
Zeichen an sich trägt, daß es nicht von einem Manne
geschrieben ist, der in der großen Welt und in der guten
Gesellschaft einheimisch war, vielmehr nur einem Verfasser
angehört, *„qui a ecouté aux portes"* wie der *Abbé Voisenon* es so
treffend bezeichnet, — in diesem Buche, sage ich, wird über
die Geschichte eines dänischen Staatsgefangenen, des Baron
Müller, absichtlich ein geheimnißvolles Dunkel verbreitet,
und diesem Manne eine Wichtigkeit beigelegt, die er
keineswegs verdient.

Da ich ihn gut gekannt und wider meinen Willen in
Verhältnisse mit ihm gerieth, die ihn vollkommen
charakterisiren werden, so mögen sie hier als Berichtigung
einen Platz finden.

Herr von Müller war nichts als ein vollendeter
Avanturier, der sich überdies nur aus eigner
Machtvollkommenheit zum Baron und Obristen gestempelt
hatte, und wenn er in Dänemark als Offizier der
Ehrenlegion aufgetreten ist, auch diese Decoration sich nur
selbst ertheilt haben kann.

Er hatte allerdings ein imposantes Aeußere mit dem
Anstrich eines Mannes von Welt, und da es ihm nicht an
persönlichem Muth gebrach, (den er jedoch, wie die Folge
lehren wird, nie unnütz verbrauchte), so war es einer seiner
Haupterwerbungszweige, durch Herausforderungen und
Händelsuchen sich Ansehn und Geld zu verschaffen.

Ich war noch sehr jung und unerfahren, als ich ihn in der Schweiz kennen lernte, wo er sich an mich drängte, mir durch seine gravitätischen Windbeuteleien, die ich alle für baare Münze nahm, leicht imponirte, und während meines vierzehntägigen Aufenthalts in....., dort ziemlich auf meine Kosten zu leben wußte. Einige warnten mich zwar vor ihm, und sagten mir unter andern, daß er sich mit seiner Familie gänzlich überworfen habe, und diese wegen schlechter Streiche nichts mehr von ihm wissen wolle, da er indeß selbst dies Verhältniß gar nicht leugnete, ihm aber nur ganz andre, für ihn ehrenvolle Motiven unterlegte, so achtete ich wenig darauf, um so weniger, da ich in dieser Zeit selbst mit meinem Vater auf einem für mich höchst traurigen, gespannten Fuße stand, und gewissermaßen in einem freiwilligen Exil im Auslande lebte. Mit dem leichtsinnigen Vertrauen der Jugend theilte ich Herrn v. M ü l l e r alle diese Umstände mit, und äußerte sogar einmal, daß ich mit dem Gedanken umginge, gegen die Versicherung einer lebenslänglichen Rente dem von meinem Vater gewünschten Familienbesitz ganz zu entsagen.

Er erwiderte mit Welterfahrung, daß ich dies ja nicht thun möchte, Zeit brächte Rosen, und ich würde eine solche übereilte Handlung später gewiß bereuen.

Bald nachher reiste ich ab und das Jahr darauf sah ich Herrn v. M ü l l e r (damals noch nicht Baron) in Straßburg wieder, wo er bei des Kaiser Napoleons Durchreise diesem, mit einer Schweizerischen Miliz-Uniform bekleidet, die k e i n Ehrenlegionskreuz schmückte, eine Petition überreichte, auf welche Napoleon jedoch keine Rücksicht nahm. Er befand sich angeblich dadurch in große Verlegenheit gesetzt, und gern würde ich ihm geholfen haben, wenn ich mich nicht selbst, wie er auch wohl sah, zu jener Zeit gleichfalls in sehr knappen Geldverhältnissen befunden hätte.

Viele Jahre waren seitdem verflossen und, wie man

denken kann, eine so flüchtige Erscheinung, wie die des Herrn v. Müller, mir gänzlich aus dem Gedächtniß geschwunden.

Mein Vater war unterdeß gestorben und ich in den Besitz meines Vermögens getreten. Es war die Jagdzeit eben angegangen und mein Schloß mit mehreren angesehenen Fremden gefüllt, als ich folgendes lakonische Billet erhielt.

Theuerster Freund!

Wie freue ich mich, daß mein guter Rath so schöne Früchte getragen hat! Ich komme auf einige Wochen diese Früchte mit Ihnen gemeinschaftlich zu genießen, wo wir uns der alten ungünstigern Zeiten fröhlich erinnern wollen.

Ganz der Ihrige

Baron v. Müller.

Vergebens zerbrach ich mir den Kopf über den Schreiber dieses Billets, ein theurer Freund, ein Baron v. Müller, der mir einen guten Rath ertheilt! Ich begriff durchaus nicht wer dies seyn könnte. Lächelnd zeigte ich der Gesellschaft an, daß unser kleiner Kreis in Kurzem durch einen räthselhaften Fremden vermehrt werden würde, der, obgleich er mein theuerster Freund sey, mir doch bis jetzt durchaus unbekannt bliebe, und las hierauf den empfangenen Brief vor. Einige hielten das Ganze für einen Scherz, Erfahrnere kamen der Wahrheit näher.

Am andern Tage, als wir beim Frühstück saßen, meldete man mir die Ankunft eines Fremden, der so eben über die Zugbrücke fahre. Neugierig ging ich ihm sogleich entgegen, und sah eine höchst seltsame altväterische Kutsche mit einem großen Koffer, aber ohne alles andere Gepäck noch Bedienten, und mit vier Postpferden bespannt, auf den Schloßhof fahren. Ich ging an den Schlag. Ein langer, mir ganz unbekannter Mann saß darin, der mich auch nicht erkannte und daher frug, ob der Graf..... zu Hause wäre? Er sey der Baron Müller. Jetzt erst dämmerte in mir die Erinnerung des schweizerischen Bekannten auf, der ganze Aufzug, wie die Person selbst machte aber einen so zweideutigen Eindruck auf mich, daß ich mich ihm zwar nannte, zugleich aber sehr kühl mein Bedauern zu erkennen gab, ihn hier nicht logiren zu können, da mein Haus ganz voll sey, und schließlich bat, im Gasthofe abzusteigen, mir aber das Vergnügen seiner Gesellschaft heut Abend um 7 Uhr bei Tisch zu gönnen, worauf ich mich schnell empfahl und nur einen Diener zurückließ, mit dem Befehl, den Postillon nach dem Gasthof zu geleiten.

Der Herr Baron verschluckte die Pille und erschien in etwas abgetragener, aber sonst eleganter Kleidung zum *diné*, jedoch in sichtbar gereizter Laune, wie zu erwarten stand. Wir hatten unterdessen schon erfahren, daß die altvätrische Kutsche sammt dem leeren Koffer auf der nächsten Station, wo der Baron mit der ordinairen Post angekommen, nur um Effect zu machen, gemiethet worden war, und die etwas aristokratische Gesellschaft empfing ihn daher nicht zum besten. Ich hingegen, zufrieden ihn aus dem Hause entfernt zu haben, kannte meine Pflichten als Wirth zu gut, um ihn jetzt nicht mit gleicher Artigkeit, wie alle meine übrigen Gäste zu behandeln. Er spielte indeß die Rolle des Pikirten und Gekränkten fort, und nahm während Tisch jede Gelegenheit wahr, dies zu zeigen. Im Grunde konnte ich es ihm, mich an seine Stelle setzend, gar nicht verdenken, obgleich ich mir selbst schuldig gewesen war, so zu handeln, wie ich es gethan, und überhörte daher gutmüthig, was zu überhören war. Endlich aber ward es mir doch zu arg. Ich hatte viele englische Sitten in meinem Hause eingeführt, obgleich ich selbst noch nie in England gewesen war, und als über solche im Allgemeinen gesprochen wurde, bemerkte Herr v. Müller höhnisch: es sey eine Lächerlichkeit, die ihm oft auf dem Continente vorgekommen sey, daß dortige Anglomanen Gebräuche einführten, die nur ihre Unwissenheit für englische Mode hielte, während Leute, die selbst England gesehen hätten, sich über dergleichen herzlich lustig machen müßten. — Dies verdroß mich und ich erwiderte schnell: es käme noch immer darauf an, wer unter den beiden Theilen recht habe, da Viele England besuchten, die nicht geeignet wären, dort in die gute Gesellschaft aufgenommen zu werden, und daher ihre Erfahrung nur aus Kneipen und der Cameradschaft mit Glücksjägern, als ihnen allein bekannte Norm für englische Sitten, geschöpft hätten.

Die schon übel disponirte Gesellschaft lachte beifällig. Herr v. Müller schwieg, verließ uns aber gleich nach aufgehobener Tafel *à la française*, was uns Allen sehr angenehm war.

Am andern Tage ritt ich mit Frau von Bothmer, der Gemahlin des hannöverischen Gesandten in Dresden, spazieren, und ein demüthigender Zufall für Herrn v. Müller, fügte es so, daß wir ihm, der vor einigen Stunden erst abgereist war, in einem Fuhrmannswagen, auf Stroh sitzend, begegneten. Er zog zwar schnell die Mütze übers Gesicht, mußte aber die Ueberzeugung mitnehmen, daß wir ihn erkannt, obgleich wir Zartgefühl genug besaßen, ihm dies, einen augenblicklichen Ausruf des Erstaunens der Frau v. Bothmer abgerechnet, nicht bemerkbar zu machen.

Acht Tage darauf bekam ich aus einer nicht sehr entfernten Stadt eine Ausforderung vom Herrn v. Müller. Obgleich mir nun sehr klar vor Augen lag, zu welcher Klasse Menschen er gehörte, glaubte ich mich doch noch nicht berechtigt, ihm die verlangte Genugthuung zu versagen, um so mehr, da es mir in der damaligen Zeit auf ein Duell mehr oder weniger eben nicht sehr ankam. Ich gab dem Baron also *Rendez-vous* an der preußischen Grenze, wo ich ein Gut besaß, und reiste sogleich mit zwei noch lebenden Freunden als Zeugen dahin ab. Wer aber nicht kam, war der Herausforderer, statt seiner erschien ein Brief, worin er erklärte, daß ihn sein Secundant im Stich gelassen, und er gegründetes Bedenken getragen, sich allein in meine Hände zu liefern.

Diese alberne Wendung war wahrscheinlich nur der Erfolg seiner Ueberzeugung, daß das Project auf meine Casse, welches ihn zu mir geführt, gänzlich gescheitert sey, und er es daher nicht mehr der Mühe werth hielt, sich noch einem Pistolenschuß auszusetzen — denn mit der Hoffnung, etwas zu verdienen, würde er ihn nicht gescheut haben.

Wieder waren mehrere Jahre verflossen, als ich 1814 in der alliirten Armee als General-Adjutant des Großherzogs von W. dienend, nach Napoleons Abdankung mich in Paris befand. Ich ging eben über den Vendome-Platz, als ein Mann mir mit eiligen Schritten folgte und mir hastig zurief: „Ich komme jetzt, mein Herr Graf, mir die noch schuldige Genugthuung von Ihnen auszubitten." Es war Herr v. Müller. Ich erwiederte ihm ganz ruhig, er habe die einzige Gelegenheit dazu auf eine ehrlose Art versäumt, und möge sich jetzt eilig und auf der Stelle fortbegeben, oder ich würde ihn als einen Vagabunden, der er wäre, arretiren lassen.

Dies wirkte, und er ging, allerlei Drohungen murmelnd, seines Weges. Ich hielt es indessen doch für rathsam, mir einen so zudringlichen und ganz gemeinen Abentheurer nun für immer vom Halse zu schaffen, ging daher zu dem Feldmarschall Blücher, da mein Chef abwesend war, benachrichtigte ihn von dem ganzen Verlauf der Sache und bat um Verhaltungsbefehle. Der Fürst theilte meine Ansicht, und trug unserm berühmten Landsmanne, dem Grafen Nostitz auf, die Sache zu beseitigen. Am nächsten Morgen schon erhielt ich den Besuch des französischen Polizei-Directors, der mir ankündigte, daß man das ohnehin des

Spionirens verdächtige Subject eingesteckt habe. — Zwei Monate später begegnete ich indeß wider Erwarten demselben Individuo abermals, und zwar in London auf der Treppe eines Gasthofes. Diesmal that er aber, als ob er mich nicht kenne, und ich deßgleichen. Bald nachher hörte ich, noch in England, von seinem, in diesem Fall ernster gewordenen, Duell mit dem schwedischen Grafen L.... und seiner definitiven Einsperrung in Dänemark, wo er, glaub' ich, geendet, oder auch vielleicht noch lebt.

Es war, wie bei vielen dergleichen Leuten, Schade um ihn, denn die Natur hatte ihn wohl begabt. Aber Umstände machen den Menschen. Mancher Räuberhauptmann wäre auf dem Throne ein Alexander geworden, mancher verachtete Glücksjäger auch ein Mann von hohem Ansehn, wenn sich eben das liebe Glück nur zeitiger hätte wollen erjagen lassen!

Die Luftfahrt.

September 1817.

Ich war kaum von einer schweren Krankheit halb genesen, als Herr Reichhard nach Berlin kam, und auch mir seinen Besuch machte, um sich Empfehlungen zu verschaffen.

Herr Reichhard ist ein gebildeter Mann, und seine Erzählungen erweckten eine große Lust in mir, auch einmal im Reiche der Adler mich um zusehen.

Wir wurden bald einig, er gab seinen Ballon her und ich trug die Kosten, beiläufig gesagt, eine nicht ganz unbedeutende Ausgabe, denn sie kam mich auf 600 Rthlr. zu stehen. Das mir bevorstehende Vergnügen war aber wahrlich nicht zu theuer dadurch bezahlt.

Der Tag, den wir wählten, war einer der schönsten, kaum ein Wölkchen am Himmel zu erblicken. Halb Berlin hatte sich auf Plätzen und Straßen versammelt, und mitten aus der bunten Menge erhoben wir uns, sobald ich die Gondel bestiegen, langsam gen Himmel. Diese Gondel war freilich nicht größer als eine Wiege, die Netze aber, die sie umgaben, verhinderten jeden Schwindel, wenigstens kann ich nicht sagen, daß mich, ohngeachtet meiner Schwäche nach eben überstandener lebensgefährlichen Krankheit, auch nur das mindeste unangenehme Gefühl angewandelt hätte.

Wir stiegen so allmählig auf, daß ich noch vollkommen

Zeit hatte, mehreren Damen und Herren meiner Bekanntschaft freundliche Winke und Grüße aus der Höhe zuzusenden. Nichts Schöneres kann man sich denken, als den Anblick, wie nach und nach die Menschenmenge, die Straßen, die Häuser, endlich die höchsten Thürme immer kleiner und kleiner wurden, der frühere Lärm erst in ein leises Gemurmel, zuletzt in lautloses Schweigen überging, und endlich das Ganze der verlaßnen Erde gleich einem Pfyfferschen Relief sich unter uns ausbreitete, die prächtigen Linden nur noch einer grünen Furche, die Spree einem schwachen Faden glich, dagegen die Pappeln der Potsdamer Allee riesenmäßige, viele Meilen lange Schatten über die weite Fläche warfen.

So mochten wir mehrere tausend Fuß gestiegen und einige Stunden sanft fortgeweht worden seyn, als sich ein neues, noch weit grandioseres Schauspiel v o r uns entfaltete. Rund umher am Horizont stiegen nämlich drohende Wolken schnell nach einander empor, und da man sie hier nicht, wie auf der Erde bloß an ihrer untern Fläche, sondern im Profil in ihrer ganzen Höhe sah, so glichen sie weit weniger gewöhnlichen Wolken als ungeheuren, schneeweißen Bergketten von den phantastischsten Formen, die sich alle über uns hinweg stürzen zu wollen schienen.

So rückten sie, ein Coloß den andern drängend, von allen Seiten uns umzingelnd, immer näher heran. Wir aber stiegen noch schneller, und waren schon hoch über ihnen, als sie endlich in der Tiefe zusammenstießen, und wie ein vom Sturm bewegtes, wogendes Meer, sich über und durch einander wälzten, und die Erde bald gänzlich unserm Blick entzogen. Nur zuweilen zeigte sich hie und da ein unergründlicher Schacht, vom Sonnenlichte grell erhellt, wie der Krater eines feuerspeienden Berges und schloß sich dann wieder durch neue Massen, die in ewigem Gähren, bald blendend weiß, bald dunkel schwarz, fort und fort hier

166

sich hoch über einander thürmten, dort bodenlose Spalten und Abgründe bildeten.

Nie habe ich auf Bergen etwas ähnliches erlebt. Denn auf solchen Standpunkten wird man durch das große Volumen des Berges selbst zu sehr gehindert, und kann daher irgend Vergleichbares nur in der Entfernung oder einseitig gewahren, hier aber wird nichts von dem erhabnen Himmels-Schauspiel dem Auge entzogen.

Höchst seltsam ist auch das Gefühl totaler Einsamkeit in diesen, von allem Irdischen scheinbar abgezogenen, Regionen. Man könnte sich fast schon auf dem Wege hinüber glauben, als eine Seele, die zum Jenseits auflöge. Die Natur ist hier ganz lautlos, selbst den Wind bemerkt man nicht, da man ihm keinen Widerstand leistet, und mit dem leisesten Hauche fortgeweht wird. Nur um sich selbst drehte zuweilen die kleine Wiege mit ihrem colossalen Ball sich, gleich einem Vogel Rock der sich im blauen Aether schaukelt.

Voller Entzücken stand ich einmal jähling auf, um noch besser herabzuschauen. Da bemerkte Herr Reichhard kaltblütig, ich möchte das nicht thun, denn bei der Eile, mit der Alles gegangen, sey der Boden der Gondel nur angeleimt, und könne leicht abgehen, wenn nicht behutsam mit ihm verfahren würde.

Man kann sich denken, daß ich unter solchen Umständen mich fortan so ruhig als möglich verhielt. Die erwähnte Eile schien auch bei der Füllung obgewaltet zu haben, so wie bei der Ballast-Provision, denn wir fingen bereits an zu sinken, und mußten mehreremale von dem sparsam werdenden Ballast auswerfen, um wieder zu steigen.

So hatten wir fast unvermerkt uns in das Wolkenmeer getaucht, das uns nun ringsum, wie dichte Schleier umgab,

167

durch welche die Sonne nur wie der Mond schien, eine Ossian'sche Beleuchtung von seltsamer Wirkung, die eine geraume Zeit anhielt. Endlich zertheilten sich die Wolken und schifften nur noch einzeln am wieder klaren, azurnen Himmel umher. Als sollte nun unsrer glücklichen Fahrt auch keins, selbst der seltensten, Ereignisse fehlen, so erblickten wir jetzt erstaunt auf einem der größten Wolkengebürge eine Art *fata morgana*, das treue Abbild unserer Personen und unsres Balles, aber in den colossalsten Dimensionen und von bunten Regenbogenfarben umgeben. Wohl eine halbe Stunde schwebte uns das gespenstige Spiegelbild fortwährend zur Seite, jeder dünne Bindfaden des uns umgebenden Netzes zum Schiffstaue angeschwollen, wir selbst aber gleich zwei unermeßlichen Riesen auf dem Wolkenwagen thronend.

Gegen Abend ward es wieder trübe in der Höhe. Unser Ballast war verbraucht und wir fielen mit beunruhigender Schnelle, was Herr Reichhard an seinem Barometer wahrnahm, denn der Empfindung ward nichts davon kund.

Ein dichter Nebel umgab uns eine Weile, und als wir nach wenig Minuten durch ihn herabgesunken waren, lag plötzlich von neuem die Erde im hellsten Sonnenschein unter uns, und die Thürme von Potsdam, die wir schon deutlich unterscheiden konnten, begrüßten uns mit ihrem freudigen *Carillon*.

Unsere Lage war jedoch diesem festlichen Empfang gar nicht angemessen. Schon hatten wir beiderseits, um uns leichter zu machen, unsere Mantel herausgeworfen, so wie einen gebratnen Fasan und zwei Bouteillen Champagner, die wir zum Abendessen mitgenommen, und wir lachten im Voraus bei der Voraussetzung, welches Erstaunen diese Meteore bei den Landbewohnern erregen würden, wenn etwa einem oder dem andern auf dem Felde Schlafenden der gebratne Fasan ins Maul, oder der Wein vor die Füße fiele, oder gar auf den Kopf, wo der Champagner, statt heiteren Rausches, als vernichtender Donnerkeil wirken könnte.

Wir selbst aber waren, gleich jenen Gegenständen, im vollkommensten Fallen begriffen, und sahen dabei nichts weiter unter uns als Wasser (die vielen Arme und Seen der Havel) nur hie und da mit Wald untermischt, auf den wir uns möglichst zu dirigiren suchten. Der Wald erschien mir aus der Höhe nur wie ein niedriges Dickigt, dem wir uns jetzt mit größter Schnelle näherten. Es dauerte auch nicht lange, so hingen wir wirklich in den Aesten eines dieser — Sträucher. Ich machte schon Anstalt zum Aussteigen, als mir Herr Reichhard zurief: Ums Himmels willen! rühren Sie sich nicht, wir sitzen fest auf einer großen Fichte! So sehr hatte ich in Kurzem den gewöhnlichen Maßstab verloren, daß ich mehrere Secunden bedurfte, ehe ich mich überzeugen konnte, daß seine Behauptung ganz wahr sey.

Wir hingen indeß ganz gemächlich in den Aesten des geräumigen Baumes, wußten aber durchaus nicht, wie wir herunter kommen sollten. Lange riefen wir vergebens um Hülfe, endlich kam in der schon eingetretenen Dämmerung ein Offizier auf der nahen Landstraße hergeritten. Er hielt unser Rufen zuerst für irgend einen ihm angethanen Schabernak und fluchte gewaltig. Endlich entdeckte er uns, hielt höchst verwundert sein Pferd an, kam näher, und schien immer noch seinen Augen nicht trauen zu wollen, noch zu begreifen, wie dies seltsame Nest auf die alte Fichte gerathen sey. Wir mußten ziemlich lange von unsrer Höhe peroriren, ehe er sich entschloß nach der Stadt zurück zu reiten, um Menschen, Leitern und einen Wagen zu holen. Zuletzt ging Alles gut von statten, aber in dunkler Nacht erst fuhren wir in Potsdam ein, den wenig beschädigten, nun leeren Ballon in unsern Wagen gepackt, und die treue Gondel zu unsern Füßen. Im Gasthofe zum Einsiedler, der damals nicht der beste war, hatten wir leider reichliche

169

Ursach, den Verlust unsres mitgenommenen *soupé*'s bitter zu beklagen, da wir keine andre Würze des neuen, als den Hunger auftreiben konnten.

Acht Tage nachher brachte mir ein Bauer meinen Mantel wieder, den ich noch besitze, und fünfzehn Jahre darauf, als ich mit einem preußischen Postmeister in ein ziemlich lebhaftes *pour parler* gerieth, weil er mich über die Gebühr auf Pferde warten ließ, sah mich dieser plötzlich mit der freundlichsten Miene von der Welt an und rief: „Mein Gott, Sie sind ja der Herr, den ich aus dem Luftballon gerettet habe — jetzt erkenn' ich Sie an Sprache und Gesicht. Da mußten Sie noch länger auf Pferde warten" setzte er lächelnd hinzu, „also beruhigen Sie sich jetzt nur." Was eine solche Erinnerung nicht thut! Der Mann, der früher auch den Befreiungskrieg mitgefochten, kam mir nach der gemachten Eröffnung nun höchst liebenswürdig vor, und von Erzählung zu Erzählung übergehend, warteten zuletzt die Pferde, jetzt durch meine Schuld, so lange, daß das ungeduldige Blasen des Postillons mich mehreremale mahnen mußte, ehe ich, dem biedern Veteranen die Hand drückend, wahrscheinlich den letzten Abschied von ihm nahm.

Ich glaube, lieber Leser, es ist aber Zeit, auch von Dir Abschied zunehmen, doch nur, bis wir im zweiten Bändchen uns wieder finden.

Bist Du mir gern bis hierher gefolgt, so versuchst Du es wohl auch noch länger. *Nil desperandum! Cras ingens iterabimus aequor.*

Ende des ersten Bandes.

Fußnoten:

[1] Dies kann auch wohl nur der Grund seyn, warum Börne's Briefe in den Preußischen Staaten verboten worden sind, wahrscheinlich auf Reclamation des Oberpostmeisters, dem bei einem so durchbrechenden Styl vielleicht für seine Schnellpostwagen bange geworden ist. Denn aus politischen Gründen sie zu verbieten, wäre wohl ein großer Mißgriff, es müßte denn aus Dankbarkeit geschehen seyn, um einem Buche, das offenbar im Interesse aller Legitimität geschrieben ist, einen noch bessern Absatz zu verschaffen.

[2] Ich habe alle Ursache zu glauben, daß obiger Brief vom Fürsten von Muskau geschrieben worden ist und suchte deshalb gerade diesen aus, weil mein Doppelgänger sich gewiß gehütet haben würde, eine so treffende Schilderung seiner selbst ins Publicum kommen zu lassen.

Das ist der Anfang meiner Rache. Es wird aber noch besser kommen.

Der Verfasser.

[3] Lateinische Brocken sind doch hoffentlich erlaubt, wenn man mir auch die französischen untersagt hat.

[4] Siehe Faust von Göthe und die Kirchenzeitung.

[5] Ein andrer Missionair, welcher, statt selbst zu essen, gegessen werden sollte, aber noch mit dem Scalpirtwerden davon kam, dichtete und sang, während dieser Operation, folgenden erbaulichen Vers:

> Ich bin Jesu Korn, das er sich steckte, —
>   Und nun werd' ich gemahlen.
> Würd' ich ausgebacken, daß ihm's schmeckte,
>   Wär' mein Glück nicht zu bezahlen.

[6] Meine Leserinnen werden sich diese beiden

lateinischen Worte leicht von einem Hausfreunde übersetzen lassen können.

[7] Wo der große Comet wiederkömmt, und gleich große andere Dinge zu erwarten stehen sollen.

[8] Wie wir jetzt aus englischen Blättern erfahren, ist zwar die ganze Anhäufung dieses Vermögens jährlich regelmäßig gestohlen worden (von wem constatirt nicht). Dieß kann meinem Phantasiebild jedoch keinen Eintrag thun; auf diesem Felde erstatte ich dem jungen Manne Alles wieder, wie es sein Aelter-Vater ihm bestimmt hatte und darf dort weder raubsüchtige Advokaten noch untreue Vormünder für ihn fürchten.

[9] Ich weiß in Wahrheit nicht, ob dieser Gedanke von mir ist, oder von einem Andern in meinen Zettelkasten hineingesteckt wurde. Er sieht mir ganz, wie eine Reminiscenz aus, paßt aber, wie Jener sagte, vortrefflich in mein Trauerspiel, daher mag er in Gottes Namen stehen bleiben.

[10] In Dänemark stellte man sonst die Leichen vornehmer Personen gar auf dem E ß t i s c h aus, gleichsam als *surtout de table*, und hielt das Leichenmahl in dieser angenehmen Nähe.

[11] S. Verhandlungen der sächsischen Kammern über die Dachziegel, und den bei dieser Gelegenheit gemachten Antrag des H. v. Th., den Minister in Anklagestand zu versetzen, worauf sich dieser eine Zeit lang zurückzog.

[12] Nur insofern sie an den Boden gebunden, *glebae adscripti*, erbuntertbänig waren, lag ein sclavisches Element zum Grunde, obgleich auch hier dem Herrn aus demselben Princip gar viele Gegenleistungen oblagen. Mit Aufhebung der Erbunterthänigkeit war indeß dieser Uebelstand völlig beseitigt, und die bloße Handarbeit begründete keine Sclaven mehr.

[13] Nicht Jedermann ist es vielleicht bekannt, daß die wenigen großen Lehnsgüter, welche sich bei der Revolution in den vereinigten Staaten befanden, mit allen ihren Rechten, auch nach der Revolution aufrecht erhalten, oder die Besitzer entschädigt wurden.

[14] Nicht überflüssig wird es seyn, hier zu bemerken, daß die Besitzer dieser Herrschaft, selbst von dem Wunsche

beseelt, ihre Bauern zu Eigenthümern zu machen, dies bereits bei 800 derselben durch gütlichen Vergleich, jedoch mit Beibehaltung der Hofedienste in weit früherer Zeit realisirt hatten. Dies wurde alles durch die Regulirung wieder über den Haufen geworfen, was außerdem noch Gelegenheit zu unzähligen Processen gab, da man behauptete, daß bei diesen Verträgen gerichtliche Formalitäten vernachläßigt worden wären, ohne zu berücksichtigen, daß unter der früheren Landeshoheit die Observanz in der Lausitz diese Formalitäten gar nicht verlangte. Es ist dies aber nicht das einzige Beispiel, daß die Preußischen Justizbehörden Preußische Gesetze, in den neu acquirirten Provinzen, auf frühere, ganz verschiedene Zustände r ü c k w i r k e n ließen.

[15] Es sind zwar auch für einige andre Dörfer bereits Vorarbeiten gemacht, dagegen aber auch bei den 10 regulirten noch eine Menge der nöthigen Verhandlungen unerledigt, so daß sich dies, bei meiner Berechnung von zehn v o l l s t ä n d i g regulirten Dörfern, völlig compensirt.

[16] Diese Angelegenheiten waren in den ersten Jahren so ins Arge geführt, die Verhandlungen auf so viele unerhebliche, das Auseinandersetzungsgeschäft gar nichts angehende Sachen mit Uebergebung der wesentlichen Gegenstände gerichtet worden, daß eine ganz unendliche Menge von Streit, Prozessen und Verwirrungen erwachsen war, von welchen, wenn es überall auf deren rechtliche Durchführung hätte ankommen müssen, die Partheien nebst Kind und Kindeskindern das Ende kaum erlebt haben, gewiß aber darüber Viele gänzlich zu Grunde gegangen seyn würden. Der Präsident der betreffenden Generalkommission war selbst dieser Ansicht, und erklärte dem Besitzer der Herrschaften, als er ihn mit seinem Besuch beglückte, mit großer Gemüthsruhe: seines Erachtens könne diese Regulirung vor 50 Jahren nicht beendet werden, und es bleibe allerdings problematisch, wie das *Dominium* nach Wegfall aller bisherigen Leistungen unter den hiesigen Umständen werde bestehen können, Eine tröstliche Aeußerung! Glücklicherweise gelang es dem neuen Commissarius, unterstützt durch eine Generalkommission, die andere Prinzipien befolgte als die vorhergehende, den größten Theil der aufgeregten Streitigkeiten durch gütliche Vergleiche zu beseitigen, und hierdurch eben soviel unnütz verwandte Zeit

als Kosten zu ersparen. Um aber nur ein Beispiel anzuführen, wie höchst oberflächlich man procedirte, bemerke ich, daß in einer sehr voluminösen, gelehrten (aber ganz unpractischen) Darstellung der Muskauer Verhältnisse, der früher das Geschäft leitende Commissarius unter andern anführte: „wie die Leistungen der bäuerlichen Wirthe hier zu einer Höhe getrieben wären, welche unbegreiflich mache, wie sie bei denselben noch so gut hätten bestehen können, wenn man nicht annähme, daß sie durch eine u n g e w ö h n l i c h s t a r k e B e n u t z u n g d e r W a l d b e r e c h t i g u n g e n (zu deutsch durch Holz- und Streu-Diebstahl) sich schadlos gehalten, und ihre Existenz gesichert hätten." Nun ist aber nichts leichter nachzuweisen, als daß gerade das Gegentheil statt findet, nämlich in der Standesherrschaft Muskau die Leistungen der bäuerlichen Wirthe fast durchgängig n i e d r i g e r als in den angränzenden Kreisen der Lausitz sind, und daher überall, wo Wirthe daselbst nicht auskamen, es gewöhnlich eben nur jene Liederlichen waren, die ihr Eigenthum vernachläßigten, um, wie der gelehrte Jurist so zierlich sagt: „durch eine ungewöhnlich starke Benutzung der Waldberechtigungen" sich schadlos zu halten.

So wurden ferner, auf denselben Anlaß, eine unendliche Zahl von Prozessen über Waldberechtigungen instruirt und fortgeführt, von denen sich nachgehends ergab, daß sie die ganze Auseinandersetzung gar nichts angingen, indem kein Mensch auf Ablösung dieser Gegenstände angetragen hatte, und wofür also abermals Zeit und Kosten auf die unverantwortlichste Weise vergeudet worden waren, während man für die eigentlichen und wesentlichen Objekte des Geschäfts soviel wie nichts gethan hatte. So mußte man denn, nachdem man sich Jahre lang um des Kaisers Bart gestritten, fast überall mit der eigentlichen Sache erst wieder von vorn anfangen. Mancher andere Gutsbesitzer, dem es eben so geht, ist aber wohl schon fertig und abgethan ehe er zum neuen Anfange gelangt, weil, um mich eben so zart als die Commission auszudrücken: die Mitglieder derselben durch eine ungewöhnlich starke Benutzung ihrer Liquidirungsberechtigungen, den ohnehin armen Teufel bereits völlig zum Bettler gemacht haben.

[17]

10 Dörfer verursachten   40,000 Rthlr. Kosten

„   „   49,000   „   Bauten

35 Dörfer werden   140,000 Rthlr. Kosten

      verursachen

„   „   171,500   „   Bauten

_____

45 Dörfer also . . . .   180,000 Rthlr. Kosten

S. „   „   „   220,500   „   Bauten

Summa Summarum 400,500 Rthlr. durch die Regulirung verursachte extraordinaire Ausgaben in 30 Jahren.

[18] Wir wissen, daß ein solcher Mann noch im 70sten Jahre sich wieder verheirathete, aus dem einzigen Grunde, weil er, wie er den Gerichtshalter sehr ernsthaft versicherte, etwas m e h r   D ü n g e r in seiner Haushaltung bedürfe.

[19] Ein Freund, der diese Zeilen las, äußerte: „sie würden scharf recensirt werden, weil die Zeit blind oder taub, recht oder unrecht, keine Aristokratie mehr wolle."

Auch ich will und wünsche das, was die Zeit will: möglichste Freiheit aller — aber, worin sie zu suchen und wie zu erlangen, darüber herrscht wahrlich noch eine eben so große Verwirrung der Begriffe, als über die wahre Bedeutung, welche dem Worte A r i s t o k r a t i e in heutiger Zeit gegeben werden sollte.

Ich werde in den letzten Theilen des vorliegenden Buches um die Erlaubniß bitten, mich über dieses Thema einmal recht weitläuftig auszusprechen. Wenigstens habe ich eine feste U e b e r z e u g u n g, in der ich nie wankend wurde, ohne deßhalb intolerant gegen die Meinungen Anderer zu seyn, und im Zeitalter der Girouetten ist dies schon ein kleiner Vorzug.

[20] Ich glaube bei allem dem, es ist doch nur die kleine englische Fregatte bei der Pfaueninsel, die mir plötzlich einen solchen maritimen Enthusiasmus einflößt! und dann: daß für das Diminutiv-Schiffchen unsere Havel dennoch immer zu seicht ist. Wie ärgerlich!

[21] Ein Buch, welches dies kraft- und macht- und lichtvoll

befördern helfen wird, erscheint so eben. Es heißt:

Das wahre Bedürfniss der Kirche Christi.

Dargestellt vom ehemaligen Hofprediger und Superint. substit. zu Muskau J. G. Petrick. Stuttgard. Hallberger.

[22] Der junge Baumgärtner in Leipzig giebt jetzt ein Repertorium aller in den preußischen Staaten geltenden Gesetze heraus, und rechnet auf 20–30 Bände, sowie auf einen Zeitraum von 20 Jahren, ehe die Revision dieser Gesetze beendigt, und das Werk dadurch unnütz wird.

[23] Deßhalb sind auch seitdem die Pudel aus Verzweiflung auf's Theater gegangen.

[24] Man hat mich später versichert, daß derselbe Russe in Folge der letzten Insurrection in Petersburg dennoch wirklich, und zwar am Galgen gehangen worden sey.

www.ingramcontent.com/pod-product-compliance
Lightning Source LLC
Chambersburg PA
CBHW020005030726
47500CB00002B/446